U0856803

战争的一瞬间

A Moment of War

[英]
洛瑞·李
——著

蔺紫鸥
——译

新 星 出 版 社　NEW STAR PRESS

A Moment of War

Laurie Lee

致战败者

目录

第一章　回归与欢迎

一九三七年十二月，我从法国境内出发，翻越比利牛斯山，在雪中走了整整两天。我也不知道自己为什么选择了十二月；这不过是我在那时做的诸多蠢事之一罢了。但第二天晚上，在边境线附近，在一个牧羊人的带领下，我终于翻过了最后一个山头，沿着小路来到一个小农庄。

到达那里的时候，天色已经暗了下来，农庄看起来就好像层层叠叠岩石中的一块。我敲了敲门，没等多久，一个拿着步枪的年轻人开了门。他举起一盏灯照亮我的脸，然后仔细打量着我；我看到他戴着共和军[①]的

①即西班牙内战中由第二共和国总统曼努埃尔·阿扎尼亚领导的共和政府军。

袖标。

“我是来加入你们的。”我说道。

“请进。”他回答。

我回到了西班牙[①]，等待我的是一场横跨整个冬天的战争[②]。

年轻人把步枪背到了肩上，示意我进屋来。穿过昏暗的通道是一个烟雾缭绕的房间。屋子里，一对老夫妇，另一个拿着枪的年轻人，还有一个十一岁左右、面容憔悴的小姑娘正站在那里。他们就像拍全家福那样挤作一团，对我露出呆滞的微笑。

他们让我进屋时，四周一片静默——这些人突然见到的是一个衣衫褴褛的陌生年轻人，没穿外套，膝盖以下被雪浸湿，背包里露出一把小提琴弓。“哎！”突然，老妇人招手让我去炉火边，在那儿，高高堆起的松果正泛着熊熊火光。

我蹲在炉火旁，在呛人的烟雾中暖和起来，用力感受着这“到达”的时刻。穿越边境的巨大岩石时，我曾

---

①作者曾于十九岁时（1934 年）前往西班牙游历，详见其“自传三部曲”的第二部《当我在一个仲夏清晨出走》。

②即“西班牙内战”（1936 年 7 月 17 日—1939 年 4 月 1 日）。

第一次有了类似的感觉。那时，气压与声音、气味的变化，令人仿佛感到有一扇大门在身后合上，将我离开的那个国家彻底关在门外；与此同时，随着比利牛斯山南麓不断延伸，伴着新鲜空气的涌入，一扇全新的大门豁然而开，将与此前不同的满目疮痍与西班牙的辽阔土地展现于眼前。我的身后是高卢烟和酱料的气息，喷香的肉和丰饶的农田；而在我的面前，我只记得那鬼魅般的情景——破布和柴烟散发的难闻气味，干鱼的咸味，酸坏的葡萄酒和恶心的感觉，石头和荆棘，老马和腐烂的皮革。

“你要吃什么吗？”老妇人问道。

“别发火。”她丈夫说。

他清理了桌子的一角，老妇人递给我一把勺子和一个盘子。另一边，小女孩正在擦一把枪，她皱着眉，伸着舌头，好像是在完成作业。冒烟的松果堆上吊着一口老旧的黑锅，老妇人从锅里舀了一些汤给我。汤很烫，但味道寡淡，这锅野兔的骨头汤可能已经煮沸十次了，变成了水一样的神秘液体。吃饭的时候，我的衣服不断冒出热气，身体打着冷战，不过也渐渐暖和起来。与此同时，两个男孩跪在门口，正抱着他们的步枪观察我。所有人都在看我，除了擦枪的女孩——她正专注在更要紧的事上。不过从外表看，除了那神秘的背包，我不会给他们带来多大的威胁。但即便如此，最初充满怀疑的沉默氛围也结束了，轻松欢快的低语渐渐充满了整个房间。

“你是什么人？”

“我是英国人。”

“啊，是的，他是英国人。”

他们礼貌而庄重地互相点头表示赞同。

“那你是怎么到这儿来的？”

“我翻山过来的。”

“没错，他翻过了那座山……靠步行。”

在我喝汤时，他们全都在桌旁围着我，一边掀眼皮一边眨眼，欣然点头并重复着我说的一切，就好像在迁就一个刚开始学说话的孩子。

“他是来加入我们的。”其中一个年轻人这样说道。而这又引发了他们的一阵动静，连那个女孩都仰起憔悴的脸庞，傻笑起来。但我也很高兴，在暴风雪中的峰峦间徘徊了两天之后，我竟能够如此轻松地到达这里。我现在同朋友们待在一起了。身后是洋溢着和平气息的法国，而眼前厨房里的这群人却正遭受着战争的盘剥——男人们抽的是山毛榉叶做的烟；汤被熬到水一样寡淡；在我们周围，手榴弹像一串洋葱一样挂在墙上；火枪和子弹带堆在角落；敞开的橙色箱子里，银色子弹像鱼一样密密地排在一起。这个时期，战争尚只发生在当地的范围内，所以步入这里就好像踏进了另一个房间。而这正是我故地重游所要探访的。不过此时，我已被困意淹没，听着模糊成一片的低语声，感受着脚下属于西班牙的岩石。男人们的眼睛眯得更紧了些，注视着我这位不速之客和正被火烤干的笨重行李。这时，老妇人过来拉着我的胳膊肘领我上楼，其中一个男孩紧跟在后面。我被带到一个狭小的、没有窗户的房间，墙上刷过白粉的石头裸露了出来，屋里有一张很大的铁床，上面盖着厚厚的羊皮。我筋疲力尽地躺下，老妇人在地上放了一盏煤油灯，把冰凉的手放在我额头上，然后对我生硬地道了声“晚安”。房间里没有门，只在墙上有一个豁口，那个男孩舒展身体，疲倦地横躺在那儿。他的下巴靠在枪筒上，大大的黑眼睛眨也不眨地盯着我。快要沉入梦乡之时，我才想起我所有的行李都落在楼下了，但此刻这一点似乎并不重要。

第二天早上，我被一对全副武装的兄弟叫醒，他们已经穿好兔皮斗篷准备出门了。他们递给我一桶雪让我洗漱，然后小心翼翼地领着我走下台阶，让我坐在凳子上，老妇人则给我倒了一些咖啡。小女孩的头发已经梳得光亮，她正在往弹药带里填装弹药。在我喝咖啡的时候——尝起来就像生锈的纽扣味——她一直盯着我看，容光焕发的脸上透出一丝狡黠。

“他翻山过来的。”小姑娘活泼地说，自顾自地点了点头。

男孩们咯咯地笑起来，老头咳嗽了一声。

他们拿来了我的行李，帮我甩在肩头背好，告诉我马和马车已经在外面等我了。

“他们特意从镇上派了车来。他们不想让你继续逗留在这儿了……毕竟你是大老远跑来加入我们的。”

两个男孩半推着我走上小路，其他人跟在后面，然后停下来一边看着我们，一边朝他们青紫的手指哈气。老妇人和小女孩头上围着鲜艳的披巾，老头却不知为何戴了一顶高顶礼帽。

等在路边的马车看起来好像做工粗糙的施肥车，车夫脸上挂着空洞而焦虑的神情。“走吧，走吧，走吧。”他哀怨地不停小声抱怨着，嫌恶地瞥了我几眼。

男孩们帮我坐到车后面，并跟着我爬了上来。

“就是他了，那个英国人。”他们用一种滑稽的语调生硬地说。

车夫不屑地哼了一声，展开了鞭子。

“马和马车，”其中一个男孩说着，轻推了我一下，“我们得救救你的腿，你一路翻山越岭，腿一定累坏了。如果我们不保护你的腿，我们还要你做什么呢？你也就对我们没什么用了，对吧？”

我开始对这种轻佻的调侃感到些许无聊，只好沉默地坐着，打着寒颤。男孩们紧挨着我在两边坐下，像哨兵一样举着枪，随时准备射击。每隔一会儿他们就用枪指指我，欢快地互相点头，好像处在一种神经质的兴奋状态中。“出发！”车夫吼道，不耐烦地抖动缰绳。老头和他的妻子庄重地举手示意，告诉我要听从上帝的安排。小女孩朝马扔了一块石头——或许是朝着我扔的，但石头打到了马，惊得它猛然一动。于是我们开始缓慢地移动，顺着陡峭的山路嘎吱嘎吱地向下走，现在，兄弟俩一人一边抓着我的胳膊肘。比利牛斯山高耸在我们身后，山体雪白而坚硬，山峰被升起的太阳染成红色。男孩们对着这样的景色不禁点了点头，咧嘴一笑，然后又突然推搡起我来，露出栗色的牙齿。

在这个冰冷的冬日清晨，我们打着滑溜过玻璃般闪亮的岩石，摇摇晃晃地沿着山谷前进，途中经过一些被雪覆盖的村庄，俱都空空荡荡，悄无声息。这样令人遍体生寒的寂静绝非自然的状态，因为自然状态下的安静总会被山羊铃铛或鸟叫声打破，而这种寂静却像是一场瘟疫光临此地，致使万物俱绝。在接下来的几个星期里，我在多个场合都意识到了这点——简单来说，这是一种战争带来的、使人昏沉和麻木的感受。

大约一小时之后，我们到了一座同样被岩石阴影遮蔽的小镇，它伫立在山坡上。一个驼背的妇人缓慢地走过来，背着很大一担柴禾。一只猫飞快地窜进墙上的洞里。我发现兄弟俩突然变得紧张不安起来，上身挺得像柱子一样直，抿紧嘴唇坐在我旁边。两个穿着卡其布雨披的民兵从一个门廊走出来，快步沿街走到我们前面。这时甚至连车夫都打起了精神，煞有介事地打量着周遭，仿佛有什么重要的事将要发生。民兵领着我们走上广场，走向破旧的市政厅大楼，上面挂着共和军的旗帜。兄弟俩冲台阶上坐着的几个哨兵喊了几句，其中一个起身进了大楼。我想，是时候来一个恰当的欢迎仪式了。我下了马车，兄弟俩跟在后面。这时，四个带着刺刀的卫兵走了出来。

“我们把间谍给你带来了。”兄弟俩说着把我推向前。卫兵们紧紧围住我，给我戴上了手铐。

他们把我在一个地窖里关了两天。头一天他们给了我一种汤，但第二天就把我忘了——等待与遗忘正是战争中的另一个部分。地窖里阴冷潮湿，墙上结了一层冰，好像蛛网纹路的蕾丝。但幸运的是，我已经被之前那间小屋的卧室锻炼得坚强了许多，在那里，洗脸盆里的水在冬天会冻成冰块。这个小房间古怪而狭窄，形状像棺材一样，墙四周甚至还有铁环，就好像要从里面把房间拎起来似的。天花板上只挂着一个昏暗的黄色灯泡，除此之外没有任何家具，我只能睡在坚硬的地板上。

我躺在那里，浑身打着哆嗦，也没有人来看我，就这样迎来了第三天。我懒洋洋地猜测着现在还会发生什么，毕竟这一切都在我的预料之外。我不请自来地来到一个正在打仗的国家，并未受到同志般的热情欢迎，却只换来怀疑和沉默。事后，我惊讶于当时的自己对所发生的一切表现得多么平静，但我很快就明白了这一切又是多么顺理成章。

佩雷斯上尉也是我预料之外的一位，他是第三天傍晚来找我的。伴着钥匙转动的轻微声响，他打开了地窖的门。他并非那种长着络腮胡子的传统革命者形象，而是一位衣着考究的苗条男子，身穿优雅的束腰制服，衣冠楚楚，光彩照人。他脚上的马靴擦得锃亮，把他的腿衬得好像涂了一层巧克力般富有光泽。他在门口朝我微笑，递给我一个装着咖啡的锡杯。

“你休息好了吗？”他用轻柔的嗓音问道。

我接过咖啡喝了一口，弓着背坐在地板上，看着他拿来两把椅子面对面放好。

“请坐。”他温和地说，“或者我该说，起立，坐下。”说着他略显做作地笑了一下。

这位军官看上去双眼困乏、做派慵懒，但一在我对面坐下就立刻变得无礼而冷淡。我是怎样到西班牙的？又是从哪里出发，因为什么？在我告诉他来龙去脉后，他遗憾地摇摇头。

“不，先生！你不可能是翻过比利牛斯山而来的。你不可能带着这些‘马戏团道具’翻山过来。书、相机……竟然还有一把小提琴，上帝啊。”他把一只纤细而温暖的手放在我的膝盖上。“这位年轻的朋友，你知道我们是怎么想的吗？你不是翻山过来的，绝不是。你是走海路过来的，是船或者潜水艇把你送上岸的。你是从不来梅[①]出发的，对不对？你别惊讶我们知道了这一切，我们甚至连你要来干什么都知道。”

他苍白的脸上露出满意的笑容，摇着头完全不理会我的否认和解释，然后又捏了捏我的膝盖。

“但是同志……”我说。

“佩雷斯上尉。”他纠正道。

“如果你不相信我，你可以看我的护照。”

“我们有好多呢，亲爱的孩子。全都是假的。我们甚至还发现一间办公室，租一天二十块。”他严肃地看着我，“是那把小提琴出卖了你，还有你的德国口音。要知道，你谁也骗不了。”

他站起身走到门口，拍了拍手。一阵沉重的脚步声

①不来梅（Bremen），德国北部城市。

传来。我之前见过的那四个卫兵闯进地窖，房间里立刻被挤得满满当当，几乎不留任何缝隙。他们以一种“友好”的方式紧紧围住我，尽量让刺刀避开其他人的眼睛。

“跟着他们走。”军官说道，“他们会照顾你的。”然后他退回走道，让出了空间。我们经过他身边时，他打响指示意向我们告别——光芒四射、油光可鉴又一尘不染，他是我在那场战争中见过的最后一个这样的人。

卫兵们把我打发到院子里，天色已经暗了下来，天空中挂着一轮冰冷的月亮。整个镇上空空荡荡、一片寂静，沉沉夜色里门户紧闭，连一丝孩子哭闹或狗叫的声音都听不到。我的守卫们放松了下来，步伐沉重地走在我旁边，轻推着我的胳膊肘，边喘粗气边吹口哨。他们的个子都像鞑靼人一样矮，鼻孔里冒出热气。最矮的那个转着他的步枪冲我笑。“哎呀，”他说道，“你走了那么远的路来见我们。我们听说是翻山过来的？”“没错。”“嗯，我们快到了。你不用再绕着城转来转去了。”

我们确实没再走多远——在月光下，我们沿着一条小街走进了一个简陋的废品厂，一直走到地上的一个坑洞旁。卫兵们把四周的雪清扫干净，掀起铁盖，把我扔进了漆黑一片的洞里。那里不是很深——大概六到八英尺，但很窄，周围都是石头。“晚安，金发小伙，”他们喊道，“这下面比山上暖和，这种天气，你明白吧？”他们在我头顶上方盖上铁盖子，插好沉重的锁。之后我听到他们在雪地里踩着脚走远，我又是孤身一人了。

这个洞的底端比上面宽敞，我蜷缩在潮湿发霉的稻草上。周围漆黑一片，伸手不见五指，从护栏往外看，连星星都看不到。我用膝盖抵着下巴，朝手指头哈气，开始思考我的处境。此刻，我对自己的遭遇仍未感到惊讶。的确，我对发生的一切没有任何质疑或反抗。但从我到西班牙的那天起，就仿佛有一种神秘的力量接管了我的命运，但那时的我还没有发觉这有多么蹊跷，也并不知道我把自己推向了怎样的险境。

我知道自己一定不是唯一一个穿越边境来投奔共和军的人，一定还有其他只身前来的志愿者——但他们也像我一样被扔进这样黑乎乎的狭小坑洞里了吗？这会不会是用来考验我们的训练？以此证明我们意志忠诚？

我现在又冷又饿，在这样漆黑冰冷的寂静里，我更加强烈地感受到危险的气息。我想我受到的明显不是常规的“招待”。起初在市政厅地窖里冻得瑟瑟发抖的两天可能只是例行公事，但之后我被头朝下地扔进了这个好像中世纪就建成的坑洞里，似乎表明我被特意挑选出来了。

但我依然没有为自己的处境感到困扰，这倒愈加激发了我的冒险欲望。我那时正处在年轻气盛的年龄，从不怀疑我从危难中幸存下来的可能性，傻瓜一样相信我正过着幸运和受神庇佑的人生，而这种幻觉也正与人们发动战争的原因相同。独自一人置身于这吞噬万物的寂静中，我感到了命运的封印，既沮丧又兴奋。虽然一切都令人毛骨悚然，但我那时却并不知道自己离死亡有多么近……

可能过了几天，也可能只是几个小时，我听到头顶渐渐有脚步声靠近。铁盖被打开了，我瞥到一缕星光，这时另一个俘虏被扔进了洞里，倒在我旁边。“现在你们就能成立个委员会了！”有人朝下面喊道。接着，铁盖被重新盖好，缓慢的脚步声逐渐远去。

一片黑暗中，我们挨得很近，现在的我们是这个石头“坟墓”里互相看护的囚犯，又像是一对狱卒。“他们给了你这个。”他的手在黑暗中摸索着找到我，递给我一片坚硬的碎面包。这里的空间刚好容得下我们两人一起躺着，虽然我看不到他，但至少空气变得暖和了。

我们一起在这个漆黑的洞里待了大概一个星期，每天晚上只有卫兵过来，打开人孔快速抬起铁盖，递给我们面包、兑水的葡萄酒和一个桶。

在这么长的时间里和一个看不清脸的陌生人紧紧挤在一起，感觉实在很奇怪。通过他的声音和呼吸，一起吃东西喝酒时无意中碰到他的手，我觉得他应该是个年轻人。他身上还有一种新鲜而原始的气息，一种来自野外、混合着松树与橄榄的气息。我记得我们每天都睡很长时间，陷入了一种极其困乏的状态，醒着的时候我们会聊聊天。他说自己是个逃兵，语气似乎很高兴，因为我们之间完全相反的差别而大笑不止。我努力想加入这场战争，他却努力想要逃离，而现在我们俩却被困在同一个漆黑的洞里。我是从法国翻山来到这里的，他却是在逃往法国的路上被抓的，而最能确定的事则是，据他说，我们都会被枪毙。

的确，为什么不杀了我们呢？这个逃兵看起来已经听天由命。我的这位同伴把现在的形势解释给我听，他耐心的语气中流露出一丝倦怠，却毫无怨言或自怜。西班牙的这场内战持续了十八个月，已经进入了激烈的冬季战争阶段。共和军节节败退，无法再心存侥幸，只能力求万全。佛朗哥叛军的装备更加齐全，在国外也有强大的同盟；而我们这边却没有武器，没有朋友，连食物也几乎没有了，并且学会了不去相信任何人——除了死人。在这种情况下，你指望他们如何对待我们这样的可疑分子呢？他们没法留着我们、养活我们，更别说放了我们。公开审判我们就更不可能了，对他们来说太过奢侈。相比之下，杀了任何可疑的人则更安全也更迅速，因此这理所当然地成了解决问题的方式。

我的这位同伴说自己叫迪诺，今年二十二岁，出生在瓜达拉马山的一个小村庄里。在他小时候，村子被摩尔人烧毁，他和弟弟一起跑过边境，成了爆破手。他们总是单独行动，而他亲眼见到弟弟因为导火线出了问题而被炸飞。他曾在瓜达拉哈拉参与战斗，但他不喜欢那种作战方式——大多时候在壕沟里游荡，接着就是屠杀和一片恐慌——因此他又一次离开，想要朝北去往法国。他被逮住了两次，又两次逃了出来，但他觉得这次他们是真的抓住他了。他知道等着他的是什么，是的。他看到过很多囚犯和逃兵被枪毙，而说起共和军处决犯人的方式嘛——随意，毫不正式，通常气氛愉快。和迪诺一起被关在黑暗里，我一边听着他用温柔调侃的声音描述那些场景，一边想到自己正离死期越来越近，不知道我们俩谁会先被叫走。

毫无预兆的，这一刻在我们半睡半醒之时来临。头顶的铁盖被悄无声息地迅速抬起，有人低声叫着那位年轻逃兵的名字，我们俩只来得及在暗中摸索到对方，匆匆握了一下手。

迪诺举起胳膊，他们把他抬到出口，在微弱的月光下我看到了他的脸。他的脸消瘦，两颊凹陷，一双大眼睛却神采奕奕，他长而尖的面孔好像埃尔·格列柯[①]画中升天的圣徒。终于，两个黑影把他从狭窄的通道拉了上去，铁盖再次被合上。我听到了玻璃杯叮当作响、一些随意的闲聊、迪诺短促的笑声，接着响起了枪声……

我靠着墙仔细听着，一切都结束了，我颓然倒在稻草上。我的手碰到了逃兵落下的军便帽。帽子被汗浸湿了，还带着他脑袋的温度。

几天之后，在黎明时刻的红色天光里，有人拉开铁盖喊道："嗨，金发小伙！"一双胳膊伸下来帮助我上

①埃尔·格列柯（El Greco，1541—1614），西班牙文艺复兴时期著名的幻想风格主义画家。

去，我的手腕被抓住，整个身体被举出了这座坟墓。

我的双腿在颤抖，但我把这归咎于两个星期没锻炼的缘故，晨曦灼伤了我的眼睛。这次轮到我了吗？整个院子闪着雪光，而我预料中的仓促准备——椅子、手推车、平底木箱、手里握着一瓶干邑的困倦军官，还有衣衫褴褛、排成一列低头看着自己的脚的士兵——这一切都在。不过却不是为我准备的。另一个年轻人被捆在椅子上，猛抽着烟，像鹦鹉一样喋喋不休。

而我却被人领着快速穿过院子，来到一条小路上，两个全副武装的卫兵在一辆老旧的黑车旁边等着我们。他们把我推上后座，分别坐在我的两边。一个宽肩膀、戴帽子的男人坐在司机旁边。

我们的车开得飞快，沉默地穿过这座闭塞而悲惨的城镇，驶向空旷的郊外。我们爬上一条坑洼不平的路，来到了荒凉的高原。风卷起粉色的雪花。高原上零星散落着岩石和荆棘，灌木被雪压弯了腰，广阔的冬日天空将这一切笼罩其中。

车里因为不透风而变得燥热，两个卫兵穿着厚重的棕色大衣，此刻像出汗的马一样冒着热气。他们的鼻孔里也热气腾腾，鼻子油光发亮，汗水滴落在他们膝盖间的刺刀上。

他们俩都长得很奇怪，其中一个个头很矮，像小丑一样，有着青紫色的下巴；另一个粉嘟嘟、胖乎乎，一看就是娇生惯养的男孩。我试着跟他们聊天，但没人搭理我，只有人会意地吹了声口哨。我们开得很快，沿着一条空旷而昏暗的路不断前进，每到一个拐弯处，所有人都随着车摇晃。

我们正朝哪儿去？等着我的又是什么？虽然卫兵们沉默不语，但我想我已经知道了答案。有什么东西已经主宰了这一切，它势不可当，既无法扭转，又无法叫停，一些言语和思想上的疯狂与混乱已经误判了我来这里的单纯原因。那时的我还不曾意识到，把任何一个人放入类似的情境中，都很可能被罪恶感淹没。

起初我认为，我突如其来的被捕入狱是一种大家都心知肚明的伪装做戏，也和军队特有的粗枝大叶有关；但如今我觉得自己越陷越深，落入一些模糊的罪名之手，面对这种情况，我也已不再苦苦寻找答案。

太阳越升越高，将石头照得发白，眼前的景色好像过度曝光一般一片空白。吹着口哨的卫兵坐在我两侧，虎背熊腰的军官在我前面，我确信自己正一步步走向厄运。我的眼睛慢慢适应了光线——毕竟我刚刚在黑暗中待了两个礼拜——我眼前的景象颤动着渐渐成形，变得越发荒凉野蛮。但我从未感到眼前掠过的景色是如此珍贵，这无可取代的世界披着千疮百孔的外衣，到处都是人类留下的潦草痕迹，譬如一间盖着稻草的破旧小屋，或是一片坡状梯田。虽然车里弥漫着油烟的热气，我的每一次呼吸却都显得昂贵难得，好像偷来的一样。就连这两个全副武装的卫兵，虽然怪异而邋遢，现在也渐渐呈现出命运赋予的力与美，他们既是守护者也是破坏者，手中握着某个人的生命线。

我们的车大概行驶了一小时，前排的军官突然坐直打了个响指，车便靠边停下了。冰冷而死寂的荒原弥漫着黄色的雾气，除了远处的树丛，一片空旷。他们命令我下车，一个卫兵拿枪顶着我的背，朝树的方向指了指说："走！"

我在想他们为什么把我带到这么远的地方，他们在监狱那边明明可以更隐蔽地完成任务。但这里确实又非常合适，无疑他们之前曾在这里行刑过。军官下了车，咳嗽了一声，吐了口痰，然后朝我走过来，轻推了一下我的肩膀。"来吧，金发小伙，"他说，"快点儿走。"于是我抬起头向前走去。

我看着广阔而冰冷的天空、铺满石头的平原，朝着远处的树丛走去。我听到我身后的卫兵们拉动枪栓的声音。这里确实可能是精挑细选出来的地方——被岩石环绕的平原，须臾间将尽的黎明，周遭空荡的寂静，还有前方的小树林，对一次安静的处决或谋杀来说简直如天造地设一般。我能感觉到薄底鞋下头石块的锋利。身后的卫兵拉动了枪栓。

如果我的死期已至——现在我已经非常确信这一点——我告诉自己不要回头看。我的目的很简单，如果他们给我足够的时间，我就能到达前面的小树林，那就是我逃跑的最后机会，我一定会竭尽全力。离我最近的这棵树已经被风吹弯了腰，看起来有一千岁那么老，它的根像融化的蜡一样倾泻在岩石上。卫兵在我后面呼哧呼哧喘着气。我能在他们开枪前到达那边吗？我能在子弹飞速击中我之前听到枪声吗？我能在眼前一片漆黑之时听到任何声响吗？我几乎是在装模作样地缓步走着，极力掩饰我的急切。终于，我走到了树林边，准备逃跑……

其中一个卫兵走上前抓住我的胳膊。“好了，金发小伙，”他说，“坐下。”他的同伴已经蹲在树底下，用刺刀打开了一个沙丁鱼罐头。那位军官和司机边打哈欠边挠着痒加入了我们，大家围成一圈坐下。他们给了我沙丁鱼和一些面包，一瓶干邑在我们中间传递了一圈。我看着手中的食物和周围自然而安全的地形，一阵难以抑制的喜悦占据了我整个身心。

卫兵们舒展身体，开始聊足球。军官拍掉衣服上的灰尘，给我卷了一支烟。他冲着眼前由老树和岩石构成的风景挥挥手，说这是他最喜欢的野餐地点，他们大约一个星期来两次。我问他我们现在要去哪儿。

“当然是去菲格拉斯[1]。”他说道。他们要把我放到军营去。“我觉得你应该更愿意开车而不是走过去。”

但他说仍然由他负责看着我，如果我愿意这么想的话。一直到他们把我送到旅指挥部，他才算完成任务。他用那双雾蒙蒙的蓝眼睛古怪地看着我，有些生气，有些好笑，又很冷淡。

为什么他不早告诉我这些？那辆车，全副武装的卫兵，山上偏僻的下车地点，这是另一次考验还是什么愚

①菲格拉斯（Figueras），西班牙的城市，位于距法国边境二十公里处。

蠢的西班牙把戏？他真的和看上去一样无害吗？如果我当时猛冲进树林里，他还会觉得好笑吗？毫无疑问，如果当时我那么做了，一切就都结束了。

第二章　菲格拉斯城堡

菲格拉斯城堡坐落在城中一座贫瘠荒芜的小山上，堡垒和塔楼错落有致，好似风景画一般，被巨大的石板圈在中间，如同白色的雅典卫城。入口的小路有着预料之中的荒凉，令人生畏，但一走进布满铜钉的大门，我却感到一种清修般的宁静。诚然，这座几个世纪以来矗立在岩石之上的城堡展示了它管辖西班牙北部边境的威力，不过在如今看来，这难免显得有些戏剧化，少了一些原始的野性。

这就是那个“军营”，我此行的目的地，从北部进入西班牙的志愿兵会在这里集合。我的护卫一路上停下来喝了好几次茴香酒和干邑，现在看起来更加热情和愉快了。他的任务已经完成，自然想早点离开，于是推着我走进门口那个正面是玻璃墙的接待处。

“我们又给你带来了一位！”他冲房间里喊着，“他是英国人，我想，要不就是荷兰人。”说着，他把我的行李扔到房间另一头，拍了下我的背，抬起沉重的眼皮朝我眨了眨眼，然后走了。

一位军官坐在窄桌前向我鞠了个躬，他的眼睛浮肿，神情冷漠地看着我。他吸了吸鼻子，询问我的名字和直系亲属，并把我的回答写在一个儿童练习册上。写字的时候，他的舌头也随着钢笔的走向不停转动，呼吸沉重，有节奏地吸着鼻子。终于，他要了我的护照并扔进一个抽屉里，我看到抽屉里还有好几本不同颜色的护照。

“我们会替你保管好的，”他说，“你需要一些预防剂吗？”

虽然不知道他指的是什么，我还是说了声“好”。他递给我一袋东西，我放进口袋里收好。接着，他给了我一张崭新的一百块比塞塔，一顶缀着流苏的军便帽，然后说：“你现在是一名共和军士兵了。”他意味不明地打量了我一会儿，接着突然站起身，举起拳头敬了个礼。

“欢迎你，同志！”他喊道，“你不会在这儿待很久的。等我们集合起一个护卫队的人就带你们走。同时，你需要参加训练、政治教育、互助讨论等好多活动，还要学习制胜策略、见一见医生。解散！”

他讲话的时候带着一种奇怪的口音，可能是加泰罗尼亚或者法国口音。他把行李踢回我面前便走开了。我捡起行李，走到了院子里。

此时已将近中午，冬日柔和的阳光穿过北边的地平线，群山好像破碎的玻璃一样捕捉着这光芒，每座山峰都闪烁着蓝色和白色的光晕。在南边，大地在冰冷的海浪中下沉，而在东边则是泛着紫色的海。在地下待了整整两个星期的我被这光线灼伤了眼睛，过了一会儿才适应眼前的景色。我定睛看着无垠的天地和辽阔的远方，为它们的壮阔感到兴奋不已。菲格拉斯城堡和它的庭院如同在纯净的气氛中缓缓升起，离这冰冷清澈的天空越来越近。我不再去想自己究竟是如何到了这里，而是全身心地享受这个美妙的、到达的时刻。

城堡的院子被刷成白色的土坯墙环绕，墙上放着几盆歪歪扭扭的天竺葵。大概三四十个男人懒洋洋地倚在墙根，聊天、抽烟或是吃面包。他们衣衫破旧，风格迥异——有些和我一样穿着便服，另一些穿着柏柏尔人的长斗篷，或是非洲白种猎人身上那种艳俗的夹克，还有些人身上套着军用毯子，从剪得参差不齐的洞里露出脑袋。

我坐在一小群人边上，一个小伙子正在用英文讲话，他说自己叫丹尼。丹尼是一个骨瘦如柴的男孩，全身上下瘦得只剩鼻子和下巴，弓着小小的身躯，红红的手掌布满皱纹。他是来自伦敦柏蒙西的码头工人，今年二十二岁，看上去有些营养不良。他走动的时候四肢来回晃动，就像老房子墙上的壁纸。

“那么我们终于到了，对不对？”他一边不停地重复着，一边发出咯咯笑声。他先是端详了我一会儿，然后又去看那壮观的山间景色，用手紧抓着瘦骨嶙峋的膝盖。“那些家伙说我不可能到这儿，那些老太太也这么说。那现在这样叫什么？我还是到了，不是吗？”

他的两只小手紧握着，用发颤的眼神斜视四周，薄而忧伤的唇间发出嘶嘶声。“我们到这儿了，不是吗？……喂，道格？嗯？”他转头对蹲在旁边的男人说。“而且又来了一位，嗯？”他说着指了指我，“他们正该死地成群结队而来呢。”

丹尼旁边的那个苏格兰人忧郁地看着我，好像在担心我帮不上什么忙。据他们说，他们已经在军营里待了一个星期。所有人看上去都既逞强又迷惘，但这个苏格兰人还表现出一种对其他大多数人都近乎亵渎的蔑视。

“看看这个家伙，”他说着指指丹尼，“他既不会用枪也不会舞棍、搬石头。如果我们还不比他强，就只能求上帝保佑了。”

丹尼身体一僵，无奈地看了他一眼。

“但我们还是到这儿了，不是吗？”丹尼说。

他说的没错，我们的确到这里了。丹尼指着院子里聚在一起的其他人，他们或坐或站，待在各自的小团体里，有些在打牌，有些在吹口哨，有些在盯着远处发呆，还有些在整日的等待中筋疲力尽，睡得正熟。丹尼说所有人都在这里了：荷兰人、德国人、波兰人，还有从巴黎来的流亡者、从马赛来的在逃暴徒、从威尔士来的乡下人、从英格兰达勒姆来的矿工、加泰罗尼亚人、加拿大人、美国人、捷克人，还有六个面容苍白、沉默不语的俄国人。

那些威尔士人正聚在一起用威尔士语聊天。达勒姆矿工们正抱怨着这里的食物。那个苏格兰人好像不知从哪里找到了一些白兰地，正在兴头上，语无伦次地表达着他强烈的蔑视。

“我们必须击败他们，”他怒气冲冲地吼着，“教教他们什么叫政治权威，或者把他们彻底摧毁。我们就要这么干。”

“他醉得太厉害了，”丹尼说，“他还不知道他在哪一边呢——对不对，你这个杂种？”

两个穿着深色西装的年轻男人在地上玩象棋，用石头在沙子上画了方格。他们的神情严肃又担忧，不满地瞥了一眼道格，用公务员般的正式腔调讲着话。

这又是在我预料之外的。在这支特殊的军队里，我原以为会看到肩并肩的兄弟情谊、有着共同目标的勇敢同志情谊，而不是这样按不同国家分裂成的小群体，他们分散在院子各处，只跟自己人愁容满面地讲话。他们中间弥漫着一种不安和警惕的气氛，相互间充满了不信任，甚至是厌恶。

我离开丹尼和道格，漫不经心地四处游荡，假装自己已经在这儿待了好几个星期。但在之后的日子里，每一天都在上演第一天早上的情形。几个法国无赖蹲在角落，耸着肩一脸不悦；波兰人如高贵的王子般沉默不语，太阳晒在他们漂亮的颧骨上；捷克人在小册子上胡乱涂画，然后递给其他人修正；俄国人则来去无踪，仿佛是光影间的幻觉；英国人则总是一边玩牌一边咒骂。

但大体上，我们依然是一群难以被分类的年轻人，虽然志趣不同，但都期待在新的领域挑战胆量。这座城堡和庭院就是我们的起点—— 一方洒满淡淡的阳光、被皑皑白雪环绕的天地。

我们是怎么到这儿的？一些人坐船，一些人从法国搭乘违法的火车，但大多数人都是从佩皮尼昂[①]坐着卡车偷渡来的。孤陋寡闻的我并不知道，从伦敦经巴黎到西班牙的志愿兵们已经有了这样组织严密的交通方式，因此我才傻傻地孤身一人前来，甚至还挑了寒冬时节。尽管如此，后来我才知道，我的行踪并非完全无人察觉。从佩皮尼昂开始我应该就被人盯上了，一直到穿越整个法国。我不太确定事实是否如此，但如果真是这样，我可能因此保住了性命。

第一天中午，大概一点钟的时候，有人开始用棍子

①佩皮尼昂（Perpignan），法国南部的城市。

敲起桶来，于是大家涌入一个狭长的棚屋吃午餐。几个老妇人分给我们锡制的盘子和勺子，从一口大缸里给我们舀豆子汤。豆子汤滚烫而厚重，居然还混着一点焦油，但对于在洞里挨饿快两个星期的我来说简直就是饕餮盛宴。

如今，我又一次回忆起那种全身上下各种感官都高度专注的感觉，嗅觉与味觉仿佛都被充分调动，饥饿使人恢复了食欲，我一边一勺勺喝着滚烫的汤，一边感受着无人擦洗的桌子上那厚厚的灰尘、汤盘上生锈的金属、外面刺骨冰冷的景色，甚至还有汤里每颗豆子的饱满。

这一餐吃得简直如同在难民营里过节一样，虽然这里更像是一个开放式监狱。人们挤在一起，低着头快速舀汤，或者四处游走找面包；大家一个个都衣衫破烂、不修边幅，却乐呵呵的，但是没有一个人的身上有我期待中的那种激情和斗志。我们好像通过这餐饭互相融合在一起了——除了法国人和俄国人——他们坐下，站起，四处走动，始终待在自己沉默寡言、充满警惕的小团体里。

午餐之后，我和一小群人走到外面——道格，丹尼，还有荷兰人乌利和本·夏皮罗—— 一个健壮的布鲁克林犹太人，一起盘腿坐在下午微弱的阳光下。我们僵硬地靠在一排刷成白色的油桶上，那些穿着雨披的人也纷纷裹紧了身体。

起初我们只是呆滞地坐着，沉默不语。这里看上去没有什么纪律或者规程，也没有什么管事的人过来说我们。

道格说："我已经来这儿十天了，但还没摸过枪。"

"我连见都没见过。"乌利说。

"到处都是你这样的人，离开闲逛可太危险了。"道格说道。

"我家里有五把呢，"乌利说，"为了在水上打鸭子。要是我知道他们这里有需要就全都带来了。"

我们又无所事事地待了一会儿，然后被叫去听讲座，老师是一个穿长黑雨衣、脸色粉白的比利时人。他借助一堆地图和口号来证明佛朗哥已经输掉了这场战争，台下众人似乎突然丧失了兴趣，于是讲座就这样渐近尾声。

"明天是政治教育课，"老师说，"现在是自由时间，大家可以去城里。下课。"说完他拿起地图走了。

我们五六个人一起悠闲地走出城堡的大门。门口的哨兵把步枪靠在墙上，正和一群孩子在外面的小路上玩耍，我们路过的时候他举起拳头致意了一下。

菲格拉斯曾经是一座美丽的山城，有整齐的道路和漂亮的房子，还有开阔的空间供晚上散步。然而战争让这座小镇渐渐凋敝，变成了空城，在这里覆盖上一层阴郁不幸的尘垢，好像就连窗户都不能反射亮光。此刻，这渐暗的黄昏似乎带来一阵不自然的寂静，仿佛所有生命都销声匿迹了。

沿着山路往下，车站旁有几间屋檐低矮、冷冷清清的酒馆，地板上湿漉漉的。道格和乌利领我从一间逛到另一间，显然他们在这里人气颇高，每走进一间酒馆，吧台后驼背的老女人都会举手致意。

但这并非我记忆中的小酒馆模样——在那些酒馆里，巨大的葡萄酒桶外挂着水珠，闪闪发光的酒瓶上贴着故弄玄虚的斗牛士标签。事实上，在这儿我完全没看见酒，于是又走进一间酒吧后，我点了咖啡。他们给了我一杯热气腾腾的棕色泥浆，喝起来有皮革和铁锈的味道。

“放下那东西，”道格说，“跟我们来。”我们走下楼梯，来到一个灯光幽暗的酒窖，墙上贴满了无政府主义者的海报，生动而粗陋的图片上满是拳头和人脸，画中人叫嚷着表达反抗，为自由而怒吼，他们高高举着枪和旗帜，飘动的横幅上印着颜色鲜亮的标语。

一个瘦削的老头站在拐角处，看到我们走进酒窖，立刻转身背对我们，弯下腰试图把什么东西藏进斗篷。他腿间传出一阵翅膀扑棱和鸟类的刺耳尖叫声——他正偷偷把一只鸡塞进口袋。

“好了约瑟普，”乌利说着探头打量起满地垃圾的酒窖，“在哪儿呢？拿出来啊老兄。”

“哎，”老头气喘吁吁道，“又是你这个法国人，老天啊！为什么你不回自己的国家去呢？”

乌利和道格分别用西班牙语和苏格兰黑话咒骂着，欺负戏弄老头，直到他抱着手臂挣扎着跑到屋子另一边。他一边嘟囔着咒骂战争和外国佬，一边在一叠粗麻布中翻找，掏出一个满是污渍的羊皮酒壶。

我们坐在地上轮流喝着酒，这是一种乡下酿的干邑，酒液辛辣灼烧。

约瑟普把挣扎不停的鸡挤成一团塞进斗篷里，暴躁地看着我们喝酒。这个毛茸茸的黑色酒壶完全由山羊皮和树脂做成，干邑酒则是苦油提炼的。但它灼痛了我们的嗓子，温暖了内心最深处的角落，而这正是我们三个坐在酒窖地板上的男人此刻最需要的。

“上帝保佑这里。”道格擦着嘴嘟囔道，“我永远不想离开这儿，永远都不想。”

丹尼突然迈着蛛网一样的小脚，悄无声息地从楼梯上走了下来，他满脸歉意，抠着鼻孔。

“哎，谁能相信呢？”他咯咯笑着说，“我们又到这儿来了，是不是？有没有给我留一滴酒？当然我没有冒犯的意思。”

道格厌恶地看着他，但还是把干邑递给他。丹尼笨拙地冲我们点点头，喝了口酒。

我们来西班牙不过几星期时间，还没怎么准备好为自由和事业而奋斗，现在却蹲在这个北方酒馆的酒窖里欺负一个疯癫的老头，一个个喝得醉醺醺。

看我们已经喝光了三壶酒，约瑟普哀怨地求我们付钱，道格递给他一张崭新的一百块比塞塔。

“不，不要！”约瑟普却摆着手拒绝接过那张钞票。

“这是政府发的好钱。”道格说着，把钱塞进他手里，“拿着，这是一个士兵的工资。”

老头屈起膝盖，不满地抱怨着，握成拳头的小手推着道格。

“不，不！”他哭叫着，“我不能忍受！卡梅丽塔！尤拉莉亚！快来！”

一个纤细的身影像灵缇犬一样轻盈地滑过，温柔地走下酒窖的楼梯。老头伸出颤抖的手抓住女孩的肩膀，他斗篷里的鸡冲出来飞到了墙上。

“你到哪儿去了婊子？”他吼道，恶毒地掐着女孩，“你为什么又留我对付这些法国人？”

女孩转头看向我们。

“随便给他点儿什么。”她小声说，“皮带，围巾，烟——什么都行。不过快点儿，他快发疯了。”

女孩穿着镇上常见的紧身黑裙子，有着西班牙裔印第安人那样的长眼睛。她推着老头走上楼梯，让他上床睡觉。道格、乌利和丹尼跟在后面，一边断断续续地唱着歌，一边催促他往前走。

一缕冬日的晚霞透过墙上高高的百叶窗投射进来，我感到在干邑酒浓重的气味之后，还有一种轻柔的麝香味。那个年轻的女孩蜷缩在阴影里，她褪下自己的裙子，正往赤裸而满是瘀青的肩膀上倒白兰地。

她一边用修长的棕色手指把酒液揉进皮肤，一边警惕地看着我。她的眼睛好像彩色玻璃的碎片，在落日余晖中闪烁着。我听到男孩子们在楼上跺脚的声音，他们正伴着老旧手风琴奏出的嘶哑音乐唱歌。但我无法加入他们。我被困在底下，困在这个酒窖里，困在干邑的气息中和这个幼兽般光泽油亮的女孩的身影下。

她轻抚着上臂，动作近乎猫的舔舐，弓着脖子低着头，黑发垂下来。她再次抬起眼睛的时候与我视线交汇。我走过去坐在她旁边。她一言不发地递给我一瓶干邑，把赤裸的肩膀转向我，默默等待着。她的皮肤斑驳，细小的青紫色瘀痕一直向后延伸到被裙子遮盖的地方。我在掌心倒了几滴干邑，笨手笨脚地擦在她湿润灼热的皮肤上。女孩叹息一声，僵直了身体，然后随着我的动作摇晃起来，将我带入她的节奏中。

她那件磨旧的黑裙子松垂着，为我笨拙的手指腾出了空间。女孩目不转睛地盯着我，带着一种令人着迷的专注。她轻轻转动肩膀，露出更多布满瘀青的皮肤。我又往掌心倒了些干邑。她慢慢躺倒在粗麻布上，我的手随着她的身体移动。楼上的男孩们唱起了《牧场是我家》。

除了急促的呼吸声，女孩一直沉默不语，任由夕阳的红色光芒洒在她身上。她那舞者才有的纤瘦身体，现在几乎赤裸至腰部，露出了优雅的皮肤，似一块精致而纤薄的波斯印花布。她仿佛想将自己的美丽与瑕疵通通任性地展示出来，又或者根本不在乎这些。她握住我的手停顿了片刻。

“法国人。”她含糊地说。

“英国人。”我生硬地回答。

她耸耸肩，用泉水般轻柔的声音说了句脏话——不是用加泰罗尼亚语，而是纯正的安达卢西亚方言。她的大拇指和其他手指像手铐一样扣在我手腕上，身体像蛇一样快速扭动着，与我交缠在一起。

当夕阳终于消失不见，我们微喘着平躺在那里，等身体晾干。我拿过羊皮酒壶喝了一大口酒，然后递给了她。她摇摇头，但将身体靠紧我，好像在帮我取暖。方才的她还只会惊慌失措地喘息啜泣，而现在的她却看着我的眼睛，好像一位母亲。

“我的金发男孩。”她温柔地说，“年轻啊，太年轻了。”

“你多大了？”我问道。

“十五岁……还是十六岁，谁知道呢？”她突然坐起来，身体仍旧半裸着，精致而满是瘀青的肩膀骄傲地拱起。

“我杀了他。”

“谁？”

“那个老头。我爷爷。他虐待我……感谢上帝发动了这场战争。”

那只鸡在墙角缩成毛茸茸的一团，好像睡着了。女孩转过身，迅速将我身上收拾干净，然后整理好自己，把衣服套在她馨香而纤细的身体上。然后她挽起松散的长发，盘成一个光亮的发髻。楼上的跺脚声和歌声都已经停止了。

我惊讶于此刻是如此简单又如此神秘，仿佛一扇丝绒大门开启又合上。尤拉莉亚不像我以往认识的那些西班牙女孩——她们通常咋咋呼呼、锋芒毕露，在楼上的窗边跟你调情，或是和其他姑娘手挽着手，吵闹着在街上闲逛，性感、放肆，又自信于自身的魅力，却害怕单独和男人相处。

而肩颈线条优美的尤拉莉亚则有一种娴静的高贵和

优雅。她也是放纵的，这种放纵有时来得极其突然而毫无防备，好像违反了她的意愿。但就算她并非心甘情愿地接纳这种放纵，至少也已成为她天性的一部分，而这源自于强加给她的习惯和长期的教导。

她穿上破旧的拖鞋，告诉我她不会继续待在菲格拉斯了。她说她是从南方来的，不知道具体是哪里，但从十岁起就在这里做苦工。从前她必须一辈子待在这里直到身心枯竭，做一个被那些上了年纪的员工虐待的妓女，睡在楼梯下等待他的召唤。现在，她不再别无选择，而是能自由地做她想做的事。西班牙已经焕然一新，这个崭新的国家为像她这样的女孩铺就了更勇敢的道路。她不再需要跟这个疯猪一样的酒馆老板待在一起。她要去马德里，成为一名战士。

酒窖里越来越阴冷。突然，女孩转身拥抱了我，急切地用她灼热纤细的胳膊搂着我。

“法国人！”她低声说，“我终于找到了我哥哥。”

“英国人。”当她悄悄溜走时，我说。

第二天清晨，军营里突然通知紧急集合。天刚蒙蒙亮，散开的人群就开始分组在院子里集合。那个指挥官是谁？他穿着雨披，脚踩一双沾满污渍的长筒靴大步走来，亲切地迎接我们，流露出一股焦虑不安的气息。

经过投票，大多数人都同意我们应该参加一些训练。伴着军号声，大家溜达着走向练兵场，排列成行。也有些人掉头跑开，以为军号声意味着撤退或空袭。

于是，留下的这些人三个或四个一组来回踏步，彼此喊着口号，加速跑，跌倒，掉队，站定，争吵，终于从各个方向走过指挥官身边，他正站在椅子上向我们敬礼。

我们这群人看起来很不平均：有高有矮，大多很年轻，脸颊消瘦，衣衫褴褛，面容苍白，都是沮丧而忧虑的欧洲后裔。虽然我们糊涂地一圈圈走着，眼睛里却似乎有一种越发迫切的情绪。我们摸索着寻找关于勇气的命令；而那一刻终于来了，就在我们集合在一起，排列成行踏步走，或是再一次掠过指挥官身边，将握紧的拳头高高举起的时候，我们感到胸膛快要炸裂，嗓子发涩，好像每个人都已成为英雄和战士。就连捷克人和俄国人都仿佛暂时受到感染，彼此露出无力的笑容。

那天下午，在宣告了我们拥有向着同一个目标共同奋斗的手足情谊之后，我们聚在乱糟糟的棚屋里开会，一起学习打仗的策略。几组人围坐在桌旁，把多米诺骨牌摆成战场阵型。有人提出要进行军事训练，有人附和，但最后还是不了了之。一个俄国人用炭条在白墙上画箭头，所有箭头都以菲格拉斯为中心，指向东方——或者家乡。

道格穿着一件新皮夹克在棚屋里跑进跑出，他身后跟着一个戴着凡尔登头盔的瘦小法国男人。我感受到周遭有种忙碌却意志坚定的氛围，这是我到达这里后头一次从人们的嗓音中听到了力量。

“他们没跟你说吗？”道格叫嚷着在我桌旁停住脚步，他浓重的苏格兰口音里带有军事学校里抑扬顿挫的音调。“下午他们要组织一场展示，两点整要阅兵。赶紧换一套得体的制服吧，你这个英格兰软柿子。”

我们在刺骨的寒风中到广场上集合，每人手拿一根长棍用来代替枪。我们要进攻一个山上的“据点”，那是一个敌军的机关枪射击点，我们要从裸露的高地的正面和侧面发动袭击。“这次进攻将会震慑敌军，并遭到顽固的抵抗。”指挥官说道，“这样的情景每天都在上演。”

我们来回跑着，把石头当足球踢来踢去，随意变换着位置。敌方高喊号令之后，我们的反应反而比他们更激烈，立刻翻过墙冲山顶跑去。我们能听到机关枪在高地顶端突突的射击声——这是用棍子敲打生锈油桶模拟出来的声音。

到达半山腰的时候，我们停了下来。“哎，进攻啊！”有人喊道。我们犹豫不决地站着，不知道该怎么办。这时，一个站在前面的家伙脸朝下卧倒在地上，开始朝着山顶向前扭动身体。于是我们都照着做，有那么一会儿，这真的很有趣——但很快我们就不这么想了。这样前进，速度很慢又不舒服，浑身上下都沾满土，而且很无聊。有些人抱怨起来，我听到一个人说：“他妈的，开什么玩笑！”于是我和另外几个人站起身来，重新开始行走。前方仍然不断传来敲击油桶的声音，我们一步步朝山坡上走去。道格喊道：“低下你们的头，你们这些蠢货！”他几乎整个身体都藏在岩石中间，屁股高悬在半空中。远处，落后的那群人正从左右两边扭动着身体往山上爬。这场景看上去煞有介事，所以我也重新匍匐在地，跟着前面人的靴子向前爬。

快到山顶的时候，油桶的敲击声离得越来越近，我们的领队用英语和西班牙语喊道：“前进！上膛！”于是我们立刻跳起来，飞奔着冲过最后的几码，尽全力大喊着扑向敲击油桶的那些人。他们窃笑着，举起胳膊投降了。

在裸露的山坡上连爬带走二十分钟之后，我们终于毫无损伤地夺取了一个机关枪据点。我们不再喊叫了，这真像一场知名的胜仗，如果我们拿了真枪，也一定会获胜的。

这天的训练在一场精心策划的反坦克训练中落下帷幕。一个人推着一辆盖有油布的手推车，围绕广场转圈，我们站在门口，朝小车扔瓶子和砖头。推车的人是伦敦来的丹尼。一个瓶子打中了他，他很生气。

第二天晚上，一个小孩给我捎来口信，我便得闲溜到了镇上。这次我是一个人前来，但没有立刻去约瑟普那里，而是先去了广场附近的一家老酒吧。我碰到的第一个人是个像长颈鹿一样的长脖子法国人，在比利牛斯山时，是他领我翻过了最后几个山头。那时他沉默寡言，态度生硬。“我不是对谁都提供这样的服务的，”他当时对我说，“不要以为我们是专门给人做向导的。”而现在他做的却正是这个工作。他身穿皮夹克，头戴贝雷帽，长长的脖子上挂着围巾。他正站在酒吧中央跟一群没戴帽子的年轻人讲话，他们每个人都拎着小包裹，看上去有些困惑。法国人一口接一口地抽着烟，眼睛在他们身上不停移动，给予他负责的这些年轻人特殊关照。他递给每个人一支法国香烟，推着他们向门口走去。他的外套崭新，鞋子擦得锃亮，显然最近没怎么走过山路。或许他是用卡车把这一小群人送过边境的。离开房间的时候他与我擦肩而过，在眼神交汇的刹那眨了眨眼。

我在冰冷的夜雨中走下街道，发现约瑟普的酒吧已经关门了，里面漆黑一片。透过百叶窗上的裂缝，我能看到星星点点的蜡烛微光，几个老妇人坐在一个黑色的木盒子旁边。吧台上散落着破瓶子，几束黑绉纱垂在后面的镜子上。我在想是谁派人去军营给我捎信的，为什么叫我来这里？口信的内容十分简洁，那个男孩悄悄走过来，直接问我是不是“法国人洛伦佐”，然后悄声说：“你得去约瑟普那里一趟。”

我敲了敲门，一个老妇人很快打开了门，让我进去。她问我是谁，我如实回答了她。我问她：“唐·约瑟普在哪里？”她笑了笑说：“砰！他去见上帝了。”她指了指那个敞开的箱子，老头就躺在里面，他漆黑的脸孔闪着光，好像一块煤。“砰！”那个老妇人又重复了一次，她吃吃笑着在胸前画十字，“上帝原谅他。”

“尤拉莉亚去哪里了？”我问道。“她上了一辆军用卡车，”她说，“一个小时之前就走了……”我再也问不出什么，除了那个老头是被枪杀的；而在她看来，老头不知廉耻，不过是咎由自取。

我看着这个干瘪的老妇人，她的双眼因目睹死亡而兴奋地发光，空气中弥漫着蜡烛燃烧的猪油味。我知道她们并不是在守灵，甚至不算哀悼，而是庆祝生命中的一部分被彻底清除。我也知道是尤拉莉亚——我那残忍的小舞者叫我过来的，让我看看她做了什么。但她的口信来得太迟，让我与她擦肩而过。

第三章　去往阿尔瓦塞特[1]和清算所

到菲格拉斯城堡十天后，陆续抵达的志愿者已经能组成一队。那时我们在军营各处寻找睡觉的地方——院子中的帐篷里，食堂的桌子下面，有些特别幸运的还能睡在铺了稻草的地牢里。一天天过去，这里出现了越来越多的新面孔，他们衣衫褴褛，梳着平头，脸颊凹陷，（与我一样）都是三十多岁人的代表。在人群中总能轻易分辨出哪些是英国人，他们紧张地晃着脑袋，有一种与生俱来的怀疑气场，还总是讲着自嘲的笑话。跟我们一样，这些人也能被划分成前科犯、酒鬼、干瘦的矿工、码头工、吵闹的政客，以及神情恍惚的大学生，他

①阿尔瓦塞特（Albacete），西班牙中东部城市，阿尔瓦塞特省首府。西班牙内战期间，阿尔瓦塞特是前来支援战争的国际纵队司令部所在地。

们总是忙着给男朋友写宣言和便条。

我们现在要集合被送往战场，或者至少是离那里更近的地方。但究竟是什么把我们带到这儿来的？虽然有些困惑，但我的答案仍然足够简单。其他人中的绝大多数也是这样，原因无非是失败、贫穷、欠债、犯罪，或者被妻子或爱人背叛——通常来说，正是这些原因让人只身前往异国的战场。但我相信，我们这群人还共享了一种独特的东西——一种以宏大而单纯的姿态展现个人牺牲与坚定信念的机遇，而这样的机遇可能再也不会出现了。毫无疑问，这是在民族主义和大屠杀的迷雾笼罩之前，20 世纪最后一次让一代人有这样的机会。

但几乎没有人知道，我们即将投身的这场战争，装备用的是老旧的步枪和卡壳的机关枪，指挥我们的则是虽然勇敢却茫然无措的外行。但那一刻并不存在半真半假的事实或者犹疑不决，我们已经找到了全新的自由——几乎如同一种新的道德观；而我们也发现了一个新的魔鬼——法西斯主义。

我们并没有过多地公开讨论这些，只是在漫长而无所事事的闲聊中提及。除了那些中欧人偶尔写下的檄文和大学生们蹩脚的方言，我记忆中只有一份声明直率地表达了对这一话题的真正关切——有人在厕所的墙上用炭笔潦草地写下：

> 那些法西斯混蛋在韦斯卡谋杀了我的朋友。老兄别担心，我来找他们了。
>
> 哈利

离开的日子终于来临，不过我们终究不是坐卡车走的。雪太厚了，我们只能坐火车。在简短而敷衍的阅兵仪式之后，我们排成了三队。这时，指挥官突然拿着我的行李走过来。"你的东西都在这儿了，"他说着把行李绑到我的肩膀上，"除了相机都齐了。"他沉着脸疲惫地看了我一眼，"同志，我们不对你抱太大期望。但别忘了，我们会密切关注你的。"

城堡敞开了大门，铰链落下，我们排成两列松散的队伍，拖着脚步走向车站。刺骨的风雪卷着沙砾吹过小镇，吹过街道，打在我们脸上。我们路过约瑟普的酒馆，窗户已经被木板封上，一个全副武装的军人正蜷缩在外面。到了车站，一群老妇人、年轻女孩，还有几个小男孩聚在站台上为我们送行。我已渐渐熟悉了这样忧郁又似乎辉煌的场景——穿黑衣服的老妇人们眼含泪光地看着我们，她们沉默不语，好像是死神的守护天使；女孩们捧着干瘪的小橘子，这是她们能拿出的最珍贵的礼物；男孩们则拘谨而严肃，手握成拳头高高举起。整个站台好像一幅阴沉的黑白图画，画中有黑色的衣服和老旧的熨斗，一团团寒冷冬日的蒸汽氤氲其间，点亮了整个画面。一辆维多利亚时代早期的火车停在那里，每节车厢的空间大约像马车一样大，上面有小小的窗子和木质座椅。每个人都分到了一大块灰面包和一小包橄榄，于是我们带着这些口粮爬上了车。

伴着减震器和轴承叮呤咣啷的噪音，火车猛地前后晃动，我们准备出发了。女孩们跑上前，把手里的小橘子递给我们，眼睛里闪着光。小男孩们排成一行向我们喊道："祝福你们，同志们！"老妇人们则抹着眼泪朝我们挥手。

我和六个声音低沉的士兵坐在同一个车厢里，他们昨天才到这里，其中有一个其貌不扬的加泰罗尼亚小伙，他满是痘痕的脸颊上长出一大片胡楂，就像是五月的坟墓前抽芽的枝条。在我们大家喋喋不休地谈话时，他自称是个无政府主义者，而且是一个坚定地信仰民族主义的无政府主义者，这使他能够恰如其分地吹嘘自己，说他虽然生在巴塞罗那，却不比我们这些外国人更像西班牙人。

正是因为这个原因，他才加入了军营。他不停拍着胸脯说：“保罗·瓜施，国际化的加泰罗尼亚人，这就是我！该死的国际化，中国—俄国—加泰罗尼亚—波兰人。没有该死的父亲、该死的母亲、该死的上帝。”他说自己曾参与烧毁了赫罗纳的三座教堂，洒汽油，扔火柴，“呼！”

终于，我们受够了他结结巴巴的英语，告诉他闭嘴。但他似乎没办法停下，他从兜里掏出一个土豆，在胸前划个十字，然后吃了起来，一边吃还一边念叨着：“该死的托洛茨基，犹太人的王。”

火车以八英里的时速哐啷哐啷地扭动着向前开，忽快忽慢，时不时便停一会儿车，如同一个疲倦的动物喘息着停下来休息。我们从这个阴沉而荒凉的国家中穿过，交错的道路渺无人烟，散落的村庄空空荡荡，好像是谁被弄瞎了双眼。

就在这一刻，我第一次感受到了战争中国家那种弥漫在空气里的肮脏，它就如同一场严重的感染，让土壤腐烂，再耗尽所有的色彩、生命和声响。这里并非战场，但战争中的所有暴行都在这里显现，轻巧的谋杀，抑或略显旺盛的复仇欲。这片土地被折磨、玷污，直到斑驳陆离，全人类似乎都被逐出了这里。生命中应有的欲望已经消失，没有人动弹一下，就连树木都仿佛枯萎了；这里看不到任何狗、任何孩童、任何马或任何女孩，看不到冒烟的炉火或者晾晒的衣服，没有人在门口聊天或在河边散步，也没有人探出窗外或目视着火车从身旁经过——有的只是屋顶或地面一片了无生气的污迹。在这样的环境中，在狂风劲吹的十字路口，几个士兵裹着湿淋淋的雨披挤成一团。比战争中的国家更糟糕的，是这个国家正在与自己交战——这将是一场终极的、更加持久的消耗。

夜幕降临，火车内外一片漆黑，只有冬夜的星星在天上移动。我们正抽着所剩不多的蓝高卢烟，把它们剥开，再卷得更细。我们的脸被香烟微弱的火光点亮，在阴影中隐约像是垂落的玫瑰色面具。我们一个接一个困倦地点头，香烟从下垂的嘴角滑落，彼此的脸孔也渐渐暗淡下去。

这是一个漫长的夜晚，我们睡得并不踏实，窗户被紧紧关上，我们也紧挨着彼此取暖。但这个狭小老旧的车厢里委实挤了太多的人，那些躺在地上的人很快就后悔了。车厢里有人低声咕哝着心事，有人打着鼾，有人突然在梦魇中呜咽起来，还有人一遍遍念着一个女孩的名字。保罗·瓜施大吼着亵渎神明的话，说有人踩到了他的脸，当有人打开窗户的时候，他又咒骂起来，轮番用上了三种语言。

大概过了二十个小时——我们醒来又睡去，争吵，讲故事，小口啃着面包和橄榄，或只是沉默地坐着，无精打采地看着彼此——火车逐渐减速到比步行还慢，最后终于冒着蒸汽，筋疲力尽地停在了绿色灯光闪烁的瓦伦西亚车站。

我们要在这里换火车，他们还承诺会有热腾腾的食物等着我们。此刻已近午夜，这座城市里没有一丝灯光，好像在试图否认自己的存在。黑黢黢的建筑绵延好几英里，散发着疲惫的气息，像乌龟一样紧贴在地面上。

火车在一条侧轨上停下。一轮迟来的月亮徐徐升起，一些女人们提着装满炖汤的桶走到站台上。她们一下下快速地舀着寡淡的肉汤，一言不发，甚至不跟彼此聊天。突然，其中一个停了下来，她抬起头，像受惊的小狗一样叫了一声，扔下装食物的桶匆匆跑开了。她显然听到了我们没听到的声音，她的耳朵已经调到了适当的频率，能接收到即将到来的事物发出的信号。

她惊叫着跑开之后，其他人也跟着逃走了。这时，车站的灯熄灭了，一种毫无生气的寂静让整座城市变得令人窒息，仿佛是在紧张又期盼地等待着什么。接着，东边空旷的天空中，有微弱的声响从远处大海的方向传来，这声响渐渐变成了沉重而隆隆作响的咆哮，在我们头顶上方不断靠近。刚才站台上的女人们已经知道，听到这声响意味着要小心，然而对我们来说，这只不过是夜晚飞机经过的声音而已。但渐渐地，它从我们熟悉的那种随意而安全的声音变成了致命的声音。西班牙成为欧洲第一个听到这毁灭之声的国家，但用不了多久，世界上的大多数国家都会经历同样的噩梦。

佛朗哥在马略卡岛的军用机场距离大陆只有几分钟的航程，那里停满了意大利和德国的战斗机。而巴塞罗那和瓦伦西亚却是不设防城市，他们的防御体系只有一些聒噪而无用的枪。

轰炸机渐渐迫近，持续的咆哮声在我们头顶轰隆作响，我感到心中涌起一阵异常的兴奋。我走下火车，离开有棚顶遮蔽的站台，独自走到远处的编组场。这是我第一次遇到空袭，我希望能独自经历这一切，不紧张也不恐慌，全身心地感受它带来的冲击。我们已经在海报和照片上看到过，炸弹可以对一座城市造成怎样的打击：它们在街区的公寓楼之间坠落，将私人生活中的一切炸得粉碎——墙上的婚纱照、廉价的小十字架、裂开的床赤裸裸地散在街上；全家人瑟缩地藏在洞里，领会着在呼吸之间突然被炸死的感觉。西班牙将第一个展示出暴行的新形象，而虽然听起来有些愚蠢，但我已经迫不及待地想要去见证了。

轰炸机似乎已经飞到了我们头顶上方，它们缓慢又笨重地前进着，激起沉沉声浪。一个探照灯亮起，但很快又熄灭了，好像试图撤销刚刚的举动。接着，这座沉寂的城市被近乎歇斯底里的嘈杂声惊醒，到处都是开枪的噼啪和咔嗒声，曳光子弹环绕着天空划下长长的弧形，留下一串火星。但这场疯狂的交火只持续了一两分钟就逐渐停息了，随之而来的恐慌也渐渐平静。

飞机正漫不经心地在城市上空盘旋，任凭自己的心意决定方向。在不停晃动的昏暗机舱里，不过是数十个年轻人操控着飞机的方向，而在他们下方的地面上，却有数百万人在黑暗中默默等待着命运的到来。这时，一架飞机突然加速向地面俯冲，其他飞机也咆哮着跟在后面。它们以极快的速度猛冲到低空，或许是借着水面上的月光，冲向屋顶和铁轨。接着，它们投下了炸弹——并非从高空中投下，因为下落时猛烈的尖叫声只持续了一瞬。伴着一连串巨大的爆炸声和冲天的火光，大团火焰在车站旁坠落。我感到脚下的地面剧烈震动起来，空气中传来一阵燃烧的臭味。一枚炸弹击中了装货棚屋附近的铁轨，两辆卡车在火光中向两侧滑去，断裂的铁轨环绕着它们，就像丝带一样。更远处，一座老房子从内部着起火来，就像一盏萝卜灯，没多久便倒塌不见了。一座仓库被炸弹直接命中，在一片血腥的红光中渐渐散架，远处还有几处冲天的火光。但很快，一切都结束了——城市中又有一部分被毁掉，又有一些人被烧死或埋葬，而轰炸机已然头也不回地向大海的方向飞走了。

我发觉我正站在空地上，眼看着瓦伦西亚遭受这场空袭，除了满心的好奇，没有任何其他情绪。我惊讶于自己的冷漠和无畏。我甚至从中获得了一丝古怪的满足感。这就是那一晚我从自己身上了解到，却始终不甚理解的东西。

飞机已经消失不见，除了火焰的噼啪声和远处消防车的警铃声，周遭一片寂静。我和同车厢的两个伙伴待在一起，他们和我一样，都很平静，也都是第一次经历空袭。一个铁路工人弯着腰越过铁轨，我们问他还好吗，他给了我们肯定的答复，但说他需要帮助。他用血肉模糊的左手举着一只手电筒，朝附近那条街的方向扭头示意。我们绕着燃烧的仓库跑了一圈，发现了两个小房子，它们也被烧着了。这些小房子是工人们的商店。在熊熊燃烧的瓦片和横梁下，传来了一个老人的哭声。

"那是我叔叔。"铁路工说着，用没受伤的那只手拨开冒烟的碎瓦砾，"我告诉他今晚去电影院那里睡。"这时，屋顶突然塌下来，一些火星飘到了路上。老人的哭声停止了。我们摇摇晃晃地往回走，眼看着窜动的火焰占据了我们刚才的位置。"都是他的错，"铁路工说道，"他要是在电影院就什么事都没有了。他之前每天下午都会去那里。"他弯腰站着，愤怒地盯着燃烧的废墟，他的衣服还在冒烟，焦黑的双手无力地垂在身旁。

走回车站的路上，我们被一个人绊倒了，他像个垂死的十字军战士一样全身惨白地躺在那儿，脸上和身上都被尘土覆盖，从头到脚都在剧烈颤抖。我们将他推到几块木板上，抬着他走向主站台，此时已经有几个人在那里躺成一排了。有个呻吟的女人正怀抱着一个被炸伤的小孩；另有两个人紧抱在一起，安静地躺着；一个留着胡子、穿着肮脏白大褂的医生正在站台上徘徊，嘴里咒骂着什么。

对于还在沉睡中的瓦伦西亚市民来说，这不过是一次小而短促的恐慌，和西班牙其他地方的遭遇相比，这次空袭是如此微不足道而常见，甚至不值得被记录下来。我所经历的那几分钟的轰炸，只不过是一种全新战争方式的早期试验，用不了多久就会闻名于世，并被全世界所接纳。

那时几乎无人知晓，正是至高爱国者、天主教信仰的捍卫者佛朗哥将军，应允在他的国民身上试验第一批试运行轰炸机的，也同样是他献出了西班牙广袤的土地，以此作为希特勒新轰炸机中队的试验场，而这最终导致了格尔尼卡古城的湮灭。

大概凌晨四点的时候，伴着远处仍在燃烧的火光，我们被一位“交通长官”叫过来集合，他穿着一件蒙古夹克，似乎醉醺醺的，脖子上挂着双筒望远镜和一个卷尺，看起来有些奇怪，他忙着将我们撵回火车上，好像送我们离开是某项重要的后勤任务。

有些人双眼炯炯有神，用高亢而过于兴奋的嗓音讲着如何勇敢地在空袭中活下来；有些人则沉默地瞪着眼；还有些人看起来刚刚睡醒，不知道发生了什么。

我们的新火车停靠在站台的另一侧，保罗·瓜施正提着一篮面包等我们。一挤进车厢，他就一块块发给我们，还说我们不应该只吃这样的食物。他的话至少有一半是正确的：面包一定已经放了好几个星期，上面全是煤烟和灰泥。在我们试图啃咬他慷慨赠予的食物时，他看上去洋洋得意而又亲切和善。最后，我们干脆直接吞了下去。

在这个漫长的夜晚，我们挤靠在一起，火车缓慢而笨拙地驶向内陆，盘旋着登上奇克拉纳陡崖，到达寒冷的拉曼查高原。我曾见过盛夏热浪中的拉曼查高原，仿佛一块铜皮，在艳阳下闪着光，直至因高温而变形。但现在，它像俄罗斯干草原一般死寂，灰白色的雪一望无际，在冬日的月亮之下反射着强光。对于即将走上战场的年轻人来说，前方并非金光璀璨的荣耀之路，而是一条弥漫着强烈忧虑情绪的灰暗道路。

除了保罗·瓜施之外，我们车厢里的其他人都是外国来的志愿者——英国、加拿大、荷兰。而可怜的瓜施，作为唯一一个真正的伊比利亚半岛孩子，却发现他在自己那东道主的天然领导欲和我们对他戏谑轻蔑的态度之间吃尽了苦头——我们常开玩笑地叫他“外来人”，把他当作漫无目的的疲惫生活中的消遣，将他推来推去，故意让他绊倒，用脚踩他，还把面包屑和面包皮塞进他的衬衫里。

恐惧、恼怒和残忍控制了我们，使我们转而嘲弄起这个一腔怒火的加泰罗尼亚年轻人来，直到终于对这个毫无乐趣的游戏感到厌倦，一个接一个倒下睡着了。我们浑身僵硬，不自在地试图入睡，彼此靠在一起直挺挺地坐着，或是重心不稳地倒在一边，好像篮子里的酒瓶。我们不太像战士，倒更像是一堆被运去海外倾销地的廉价商品。

在寒冷刺骨的黎明时刻，我们抵达了高原上的阿尔瓦塞特。火车哐啷哐啷地驶入小站，一群正在扫雪的妇女默默看着我们从眼前经过。一个小伙子牵着一匹垂头丧气的瘦马站在平交道口，他冲我们举起紧握的拳头，但片刻之后又无精打采地放了下来。几个老人和光脚的孩子在铁轨边沉默地排成一行，如同爱尔兰大饥荒时的农民，没有任何手势，也没有跟我们打招呼。我们朝着军营缓慢前行，并没有像英雄拯救者或是为胜利而来的援军一般受到欢迎，而仿佛是眯起眼的人们在一片茫然中看到的又一车不知名的囚犯。

但当我们终于驶进阿尔瓦塞特车站，我们发现，至少还是有人努力营造出些许仪式感的。我们呆呆地从车上下来，在站台上随意排成一列，面对我们的是一个像行刑队一样的小型军乐队。在早上死气沉沉的光线里，他们将乐器对准我们的脑袋，奏出一连串结核病人咳嗽般的声响。这时，一个穿着橡胶雨衣的矮胖长官爬上一只箱子，用刺耳的嗓音对我们发表了一番演说。直到那一刻之前，虽然我们又冷又饿，但可能还保有一些残存的勇气，但这位长官却一个接一个地把它们全部夺走了，只给我们留下麻木而沮丧的情绪。

他简短地对我们表示了欢迎，还提到了我们的亲属（而我们正努力忘掉他们），并说我们是欧洲大陆的精英力量，感谢我们愿意献出生命，提醒我们将为伟大的事业做出流血牺牲，同时指出，我们正在与国际法西斯主义的邪恶威力和惊人力量斗争。在我们之前，已经有许多英勇的年轻同志心甘情愿地将生命献给了这场斗争，他们现在已经安息在西班牙瓜达拉哈拉、哈拉马和布鲁内特战场上备受尊敬的英雄之墓中，他知道我们将无比骄傲地跟随他们。说着，他像狗一样晃了晃身体，怒视着天空敬了一个礼，然后转身走了。我们在雪泥中努力挪动双脚，打量着彼此，我们全都浑身脏兮兮，衣衫褴褛。我们很年轻，幻想着姑娘们用亲吻来欢迎我们，甚至期待着一场不流血的胜利；在指挥官指明我们的未来之前，我相信没有人认真考虑过我们真的会死。

我们这一组的组长拽住保罗·瓜施的耳朵（他不停嚎叫着），从站台上大步走来。他哭喊着说想回家，说他得了关节炎和胃绞痛；但组长将他一脚踢回队里。我们三人一组，跟着军乐队咳嗽般的奏乐，在忧伤的氛围中穿过镇上的街道。我们看到漆黑的墙壁、一些海报、滴水的旗帜和湿漉漉的雪。阴沉的天空中下起了冻雨。我熟悉那个明媚的西班牙，在治愈万物的阳光下，就连贫穷都好像被染上了骄傲的色彩。而今早的阿尔瓦塞特却像一个被雨雪抽打的北方贫民窟。我们经过的时候，路上的女人们纷纷用披肩遮住了自己的脸。

第四章 死囚之牢：阿尔瓦塞特

阿尔瓦塞特被拉曼查高原林立的白松包围，风如刀割。在我们走向军营时，路边站着许多长相不同、装扮各异的士兵，他们见到我们只是发出几声嘲笑。

走到军营大门的时候，军乐队抛弃了我们，他们晃着手里破旧的乐器，脚步沉重地沿街走远了。我们曾享有的片刻荣光与欢迎似乎已经结束了，现在对他们来说，这不过是又一车邋遢的士兵被按期送达而已。我们列队站在练兵场上，肩上背着湿透的背包，雪花飘落在我们的面包上。两位军官走出来查看我们的队伍，一个书记员拿着写字板站在一旁记笔记。没有人跟我们说话，我们就像是古玩一样被仔细观察着。雪越下越大，打着旋落在我们周围。我们只能站在那里，忍不住来回挪动，低声抱怨没有人知道我们的名字，也没有人对我们的到来表示欢迎，而我们连一口饭都还没吃。但他们仍让我们迷茫地等在那儿，任凭书记员一遍又一遍地清点人数。

突然间，我产生了一种不安的预感，自己似乎是被特意隔开了。一个士兵急匆匆地从主楼里跑出来，将一张便笺交给一位军官，军官读了读，喊了我的名字。我举起手，眼看着同伴们被解散，而我又一次被带走单独看守。

我不禁怀疑，难道我从一开始就被做了特殊标记吗？如果真的是这样，我又是怎么一路走到这儿的？我被带到了一个深藏于地下室的小房间中，房间里堆满了档案柜、地图和文件。一个年轻的金发军官坐在堆满杂物的桌子旁边，看到我进门便站了起来。他打扮得很时髦，有强烈的美式风格，既恭顺又迷人。他介绍说自己叫山姆。

“抱歉，”他说着拉过一把椅子给我，“我猜你之前已经经历过这些了，但现在又有一些新情况。”

他拿出我那本在菲格拉斯就被没收的护照，缓慢地翻阅着。护照中有两页用曲别针别了起来，他把那两页展开拿给我看，露出一种好笑又无奈的表情，好像在说“你怎么会这么傻呢？”

一九三六年春天，我在西属摩洛哥[①]待过几天，那时佛朗哥将军把那里用作他的叛军基地，并在七月发动了内战。但直到佛朗哥开始派飞机把他那摩尔人组成的军队穿过海峡运回西班牙，我才了解到这些。我曾置身于阴谋之巢，却对此一无所知。

山姆神色紧张，难以置信地拨弄着我的护照，然后把它举到我眼前：休达、得土安、入境、出境——他一个个指出那些致命的地名和日期。

“看在上帝的分儿上，你当时到底在那里干什么啊？”他问道，“我们就想知道这个。”

现在山姆身边多了两个矮小敦实的俄国人，两人都略有些秃顶，穿着便装。他们在美国军官两侧重重坐下，沉默地等待我开口。

我现在明白我遇到了麻烦—— 一开始我被怀疑是间谍，现在又变成了法西斯特工，而山姆无疑手握证据。我感到心脏怦怦跳，让我想起儿时无辜被错怪的时刻。

---

① 1912 年 11 月 27 日，根据《费兹条约》，西班牙得到了摩洛哥北部和南部地区保护者的地位，即西属摩洛哥。1956 年 4 月 7 日该条约废止。

于是我回答他是的，一九三六年年初，我曾在马拉加附近的一家旅馆工作，其间我和一个来自阿尔勒[1]的法国学生一起去摩洛哥短途旅行。没错，那时候正是春天，但我们没怎么游览风景，大部分时间都待在小旅馆的房间里，在百叶窗后面抽大麻胶。山姆叹了口气，抬起手抵着额头，让我把口袋中的东西全部掏出来。

我把身上所有的东西都摆在桌子上，那两个矮小敦实的男人过去一一查看。他们剥开香烟，把纸举到光下，拧开钢笔，仔细探究然后把它们弄得粉碎；将火柴都倒在吸墨纸上，一根根从中间折断；火柴盒也都被剪开，每个碎片都和零散的纸页、我的笔记本、装着几张比塞塔纸币与家人合影照片的皮夹一样，被紧贴在一盏特殊的灯上一一检查。

那两人一丝不苟地检查着，没人知道他们在找什么，秘密信件、战场地图、密码还是战事计划？同一时间，山姆正在浏览他们扔在一边的文件，并持续地低声发问。那个法国学生叫什么名字？他现在在哪里？我们当时待在哪个旅馆？我付了多少钱，谁又付钱给我？我

①阿尔勒（Arles），法国东南部城市。

回答说那只是一次短途旅行，大部分的钱都是那个法国学生付的，他是马赛[1]一个富商家的孩子。山姆看出我在说谎，但他不知道我为什么说谎。我的摩洛哥之旅其实是独自一人的旅行，清白无辜，现在却变成了罪证。

他们让我脱掉衣服，只剩内裤，并仔细检查了我的衣服，连衬里和靴子底都没放过。这时，一件我不顾一切想要避免的事情发生了，但已然来不及阻止：山姆在我裤子的后袋里发现了一捆信件。这是那个一直跟我走到法国边上，极力劝阻我不要穿过边境的英国姑娘写给我的——信中回忆了我们是如何疯狂而热烈地庆祝我们一起度过的最后一个星期的，那是狂热、坦率而又折磨的告别。我牢记着每一个字，这封信也并不适合给其他人看。但现在，这个打扮时髦的波士顿年轻小伙正认真地一行行看下去，他之前可能根本没读过这样的信。他看得很慢，中间有一两次抬头看我，而我只是茫然地盯着对面的墙。此刻我坐在他面前的椅子上，感觉自己浑身上下赤条条，在他之前，还没有人进入过我的私人世界。他终于读完了信，沉默地把信件还给了我。他的脸

①马赛（Marseille），法国第三大城市和最大海港。

色通红，表情却像我一样木然。

山姆再也没提到过那些信件，但他显然是一个认真而专业的年轻人，努力做好自己的工作；然而当他又开始问我关于日期、行踪、意图、动机的问题时，我能看出他眼中的困惑与茫然，好像一个医生在询问病人的一种严重病情时，意外地在另一种病症上栽了跟头。

山姆的那两位土地神一样的助手终于检查完了我的衣服和靴子，过来坐到我两侧。他们拿起桌上的东西又放下，晃晃我的小提琴，拨弄一下琴弦，又拿起我妈妈的一张小照片举到镜子前端详片刻。他们低声交流着，不时问对方问题，点点头，然后恶狠狠地盯着我。我感觉他们是想把我带出去倒挂起来，或者用拇指夹夹我。而另一方面，山姆则用他温暖的嗓音抱歉地对我说话，带着关切的善意。

“好吧，我需要写一个报告，”他说，“但这可不是一件容易的事。你究竟是怎么陷入这样一团糟的？你看起来可能足够无害了，但我们不能冒险。看在上帝的分儿上，你懂得对吧？”

“这到底是什么意思？”

“我没必要告诉你，对不对？我帮不上忙——我们没人能帮上忙。抱歉，但是好好反省一下吧。”

于是我再一次被带走看守起来，他们把我领到一间狭小的地下室，留我独自在那里困惑。但是山姆并没有因此怠慢我，他确认我的房间是否够暖和，给我送来了毯子、白兰地和咖啡。他还派一个老妇人来整理房间，又是打扫又是消灭虱子。他甚至还送来一个矮胖的姑娘，她顶着一头政治自由派的新式蓬乱发型，一会儿气呼呼一会儿咯咯笑，呼出的哈气让我眼前一片模糊。

然而那个老妇人却给我带来了安慰和愉悦。她叫唐娜·托马西娜，五十岁，是一个从昆卡来的寡妇。她去世的丈夫是个麻风病人，在他们居住的山洞中被崩塌的岩石压死了。内战初期，她饥肠辘辘地走到阿尔瓦塞特，如今在军营中打扫卫生，以此换取一天两餐。

托马西娜为我的遭遇感到难过，她不停用拇指按我的肩膀，尽力让我打起精神。但这并不是件容易的事。我之前已然遇到过类似的麻烦，能从中脱身本就非常幸运了。但这次，情况却更简单、更严酷，派来审讯我的人也更老练、更难蒙混过关。

“他们不过是像你一样的年轻人，”托马西娜说，“他们知道你不会做坏事，只是跟你玩个小把戏。你笑一笑就过去了。”

但我想，他们并不都是这样的。尤其是山姆那两个脸色青紫、脸型像子弹一样的助手，有他们在旁边，山姆不敢随便怎样。

我好奇托马西娜经历过多少类似的事情——年轻的小伙子们在恐惧中等待着他们那愚蠢而随意的命运裁决，而她则一边取笑他们，一边悉心照顾他们。她黑亮的双眼好像裂开的海胆，胶质的瞳孔中有红色的斑点。

“你的文件都被翻乱了。他们明天整理好，你就能出去回到你的朋友们身边了。”

但第二天山姆来了，他剃成寸头的脑袋光亮整洁，神情中却有种窘迫的恼怒。

他举起我破旧的、被汗水浸湿的护照，手指戳着纸页。“就是这些该死的摩洛哥邮票，”他吼道，“一九三六年春天，梅利利亚，休达，得土安。一切就是这么编造起来的，对不对？你到底在那里干过什么？这就是我们想知道的事。在接受特殊训练还是别的什么？”他啪的一声把护照放下。“全都在这里了，你懂的。我们无法避开这个问题。如果你去的是其他任何地方，我都还有可能救你出来。”

他给我带来一些信纸、一支笔，还有一张折叠桌。

“如果你想写信，我会确保它们顺利寄到。”他无奈地看着我说道，“嗯……你还需要什么吗？”

“托马西娜会给我一件新衬衫。”

“新衬衫？很好。”他尴尬地站在门口，“嗯……那么……我猜你也不需要我再解释什么了？”

“不需要了。”我说。

“那么，如果马德里那边没有别的消息，那就这样了。”他说。

他停顿片刻，然后举起了攥紧的拳头。“上帝啊。”他吼了一声，转身离开了。

那天我写了好几封信，但都很简短。我没办法说，我要被当成间谍、叛徒、法西斯潜伏者、资本主义走狗枪毙了——所有这些都被指控我的人用更礼貌的方式说起。我根本不需要解释我的去向。看起来，山姆和他的同事无疑收集了足够多对我不利的证据——但由于仍然存在一些小疑问，山姆承诺，关于我的死因，将不会有官方记录。

因此我的信写得很简短。我甚至不愿对我妈妈说声再见，也不愿跟我心心念念的姑娘告别。因为跟她们中任何一人道别，都等于承认了这件混乱不堪、毫无意义、更不值得骄傲的蠢事。我本应是为支持一份事业而来、并准备为此献出生命的，而不是像现在这样，因为背着小提琴翻山越岭，或是在错误的时间去了摩洛哥而在后院被干掉。我坐在狭小的牢房里，身上穿着托马西娜带来的颜色鲜亮的新衬衫，盯着桌子和墙，纳闷着这一切究竟为什么会发生；同时我也深信自己能承受任何事，但等待我的却是一次又一次令人惊惧的恐怖时刻。

午夜时分，守卫让托马西娜进来了，她又给我带了白兰地和几支蜡烛。她忙东忙西，显得精神过于亢奋。“你不会在这儿待多久了。”她轻快地说着，在我旁边跳来跳去，不停地掰直我的肩膀。她在旧烛托上重新点燃了一支蜡烛，忧虑和怜悯让她的笑容蒙上阴影。“你要注意保暖。”说着，她把一瓶白兰地丢在桌上。这是一瓶上好的白兰地，不是那种从酒桶里接的普通酒。但她带给我的还不只是这瓶白兰地。在她身后的阴影里站着一个男孩，大概十三岁，有着摩尔人的深色鬈发和眼睛。

“帮他取暖。”托马西娜说着将男孩推向我。离开之前，她轻轻碰了碰我的手：“洛伦佐，愿你随上帝而去。”

那个男孩带我走到床铺前，颤抖着躺到我旁边。他似乎比我冷多了，但让他瑟瑟发抖的可能另有原因。“你想怎么对我都行。”说完，他一边等待我的回应，一边用双手胡乱地摸我的膝盖。我不禁想，这是山姆还是托马西娜的主意？他们真的为我做得够多了吧？先是送来一个气呼呼的、大大咧咧的姑娘，现在又是这个瘦小的、颤抖不止的男孩。好吧，现在我既不能接受他也没法拒绝他，天知道我在那一晚得到了什么慰藉。

我端详着他，在如此近的距离中，我能看到疾病在他美丽的脸庞上留下的清晰痕迹，以及他的惺忪睡眼中那抹与年龄不符的冷酷。他拿过白兰地让我喝了下去；他浑身冰冷，但仍颤抖着尽力为我取暖。他不停地喊我的名字，啜泣地道别，在流逝的夜色中夸张地哭个不停。我感觉他正在“集邮”似的与处于生命最后时刻的死囚们发生关系。第二天清早，他兴高采烈地离开了。离开时他问我要腕上的手表，我送给了他。

那天早上，我感到混乱而尴尬，我预期中的那场彻底的大清扫并没有发生。现在起，发生的一切都注定是慌乱的、仓促的，甚至是可憎的。一切都是从中午开始的。山姆给我带了几支雪茄和一封由红色救济会[1]转交给我的信。

“我不确定你是否想看这个。”他说着，递给我一个鼓鼓囊囊的信封，信封已经被割开了，从开口处能看到信纸上挤满了女孩撩人的笔迹。“但我又寻思，见鬼，为什么不想呢？不管怎样，这表明她一直惦记着你。她还给你寄了五英镑。这实在有点可惜……”

他讨好的脸上又浮现出内疚而恼怒的表情。但他没有看我。

“我会帮忙转交你的信。”他说着把那些钱塞进口袋里，也没有说再见。

那天下午，又有一位医生来探望我，给我打了一针，还留下一些药片。托马西娜脚步轻快地进进出出，她什么也没说，只是朝我露出害羞的假笑，仿佛用手帕轻抚了我的脸似的。我坐在桌子旁，沉浸在我心爱的姑娘寄来的那封奢侈的信中，尽情感受那令人陶醉的、无

①红色救济会（Socorro Rojo），此处应指“Socorro Rojo del P.O.U.M.”，该志愿者组织活跃于西班牙内战期间，是由马克思主义统一工人党（POUM）仿照共产党领导的国际红色援助组织成立的。

法抗拒的魔力。

大约四点钟，我被铐上手铐带进一个房间，几个民兵正在那里玩多米诺骨牌。我一进去，他们就站了起来，吹着口哨走了。透过他们打开的门，我看到一个小院子，夕阳下的天空飘起雪花。

一个警卫递给我一支烟，另一个碰了碰我的胳膊。“别担心。”他对我说，“会很容易的，老兄。”汗水浸湿了他浅蓝色的衬衫。这时，我听到隔壁房间传来一阵低语，有人在小声打招呼。突然，墙上的一个滑动门被推开了。一张张面孔涌了进来，他们都注视着我——先是那两个俄国人，他们分别对我点头致意；接着是一位穿毛领大衣的陌生军官；之后，就像一幅装裱起来的、模仿梵高那些细长而异想天开的作品的赝品画一样，那个有着长颈鹿般的脖子和一张我不可能认错的脸的法国人出现在眼前，就是他带我走过穿越边境前的最后一段路的。他只看了我一眼，就假装害怕地捂住眼睛。

“哦不！”他呻吟着，“拜托，怎么又是他。看在上帝的分儿上，放了他吧。”

他似乎觉得我的样子——双手被铐起来，待在阿尔瓦塞特的死刑牢房里——是一件无比有趣的事。他转过头，飞快地跟另一个房间的同伴们说话，我听到了他高亢的高卢式笑声。有人下达了命令，他们解开我的手铐，让我回军营去。那两个俄国人、托马西娜、那个女孩、那个男孩，以及颤栗不安的漫长黑夜和准备赴死的日子都结束了。突然间，我莫名其妙地重获自由。我意识到，这个法国小向导的一句话足以证明，他比这里的任何人都更有权力。

我在漫天红霞中穿过广场，向营房走去，碰到山姆正大步向我走来。他没有跟我打招呼，甚至看都没看我一眼，只是把我写的那叠告别信塞到我手里。

归队之后，我又恢复了松散的半自由状态。我开始和老兵们混在一起，也沾染了他们大摇大摆的姿态。阿尔瓦塞特是第十五旅[①]的大本营，也是一个休养营地和内部清算所。虽然我到达西班牙时还一无所知，但很快就了解了当时的现实状况。在夏末爆发了几场残酷的战争之后，尤其是在阿拉贡的前线，战斗已进入相对缓和阶段。共和军在从比利牛斯山到阿尔梅里亚整个东海岸

①即西班牙内战中国际纵队的一个旅。

的支持下，控制了大约三分之一的国土。整条战线面朝佛朗哥军队，呈一个松散而曲折的北南向“Z”字形，其中包含一个易受攻击的凸出部分，处于佛朗哥将军部队的控制下。虽然在西部我们的确有一个延伸至葡萄牙、防守薄弱的突出阵地，但是佛朗哥横扫了东北部并画下一条壮阔的弧线，他控制了离海只有五十英里远的特鲁埃尔山区，并且威胁着要把共和国的领土分割成两半。

虽然情况危急，但这个时期也充满了狂热的乐观主义，所有人都在谈论着夺回特鲁埃尔的进攻已经打响这件事。一些部队甚至被调往冰天雪地的高地以包围城市。这将是一场扭转战局的关键之战。

然而到目前为止，这还仅仅是西班牙军队内部的事，有人暗示说，我们的指挥官希望他们能够最先获得这份荣耀。因此，国际纵队在阿尔瓦塞特内外暂做“休息”——检修他们破旧的武器，重整军队，并且颇为确信他们很快就会再次被征召。

与此同时，我们这些新兵和老兵则聚集在城中潮湿的咖啡馆里，一边喝橡子咖啡，一边卷着干橡树叶和山里香草制成的香烟。我们用特别印制的钞票为饮料买单，那是一些印着城市纹章的小卡片。我们还会用烤盘烤山毛榉坚果来吃。作为一个军事营地，这里几乎没有什么正式的纪律，尽管为了保暖，我们有时会在街上操练或游行，和指挥官打招呼，他们在雨雪交加的天气里站在倒扣的葡萄酒桶上，一个个看起来筋疲力尽，又有些好笑和无聊。

我至今仍记得他们一些人的名字和穿着打扮——乔克·坎宁安，帕特·瑞恩，汤姆·温特林厄姆，帕蒂·欧戴尔——他们总带着黑色贝雷帽，身穿黑色雨衣，皮带系得很紧。他们是即将发生的事件晦涩的先兆，是这场迫在眉睫的世界大战非官方的先驱者，他们已经比英国或法国军队中任何一个糊涂的陆军元帅更清楚地知道，这将是一场徒劳无功的消耗战。

弗雷德·科普曼则是他们中的另一位，他是从布鲁内特而来的老兵，我在伦敦帕特尼[①]做建筑工人的时候，曾在他的带领下参与罢工。这次在西班牙，我再次看到了他那张硬邦邦、充满渴望的脸，比起他三十岁出头在家乡挣扎的时候，这里的战斗和疲劳使他的脸变得更加

①帕特尼（Putney），英国伦敦的地区，作者之前经历详见该“自传三部曲”系列第二部《当我在一个仲夏清晨出走》。

干瘪。认出我的那一刻，他那双冷酷的眼睛里瞬间闪过一丝冷淡的温暖。“工地来的诗人，”他说，“没想过你会真的到这儿来。”科普曼因参与因弗戈登[①]和斯卡帕湾[②]的海军叛变而闻名，他粗俗、双颊深陷，是工人阶级的革命者，也是所有英国军队指挥官的榜样，很多像他一样的人将在战争中被埋葬，但他却会在未来挺过最残酷的屠杀，回到英格兰，成为伦敦威斯敏斯特市民防事务的首席顾问。

在愤世嫉俗地推测一番之后，我们这些志愿者，士气莫名地高涨起来，开始一边绕着阿尔瓦塞特游行，一边用蹩脚的西班牙语高喊着新学的口号：“西班牙无产阶级兄弟政党！ 别让法西斯通过！法西斯去死！上帝保佑！”

即使步枪里没有子弹，我们的嘴里仿佛也能发射出子弹。事实上，我们几乎没人有枪。我们通过游行来发出声音，来造成轰动，来取暖，来让我们知道自己还活着。我们的右臂高高举起，在冰冷的空气中挥舞，然而

①因弗戈登（Invergordon），英国苏格兰的城镇。

②斯卡帕湾（Scapa Flow），位于英国苏格兰地区最北端、奥克尼群岛（Orkney Islands）境内的半封闭水域，曾为英国皇家海军的重要海军基地。

握紧的拳头却什么都攥不住。

我刚回到军营时，大家还有些疑虑，对此我并不是很惊讶。你不可能在训练场上被单独带走，被警卫押送到“调度中心”审问了整整三天，被托马西娜送上“最后的仪式”，最后却又突然被释放。而你所有的个人物品——书籍、日记、小提琴，却全都完好无损，并且对这一切没有任何质疑和解释。人们很自然地认为，我是被安插在他们中间的奸细，理应避开我。

正如丹尼，我那个瘦弱的、来自菲格拉斯的伦敦朋友很快指出的那样：“兄弟，我们都很担心你。现在仍然担心，如果你明白我的意思的话。”他抠着鼻子猥琐地笑着。“那些搞情报的家伙一旦抓住了什么，通常是不会轻易放手的。我们觉得你要么很幸运，要么很窝囊，对不对？”

“只是一个小错误。”我咕哝着。丹尼点点头：“我就是这个意思，难道不是吗？”有段时间他们密切地关注我，或者展现出虚伪的战友情谊，故意大声跟我说话。然后消息传开了——他们都认识的那个“长颈鹿先生”曾为我担保；此外，在马德里还有一位神秘的高层权威帮我说过好话。我明白前一个说的是谁，但对另一个则毫无头绪。不过无论如何，对大多数人来说这些似乎已经足够了。

天气很冷。我们玩起了纸牌。餐点是半液态咸牛肉，有时则更糟，是黑乎乎的冷冻土豆和豆子。那是一段无事可做的时光，一切都处在等待之中。营地房间的角落里有过争吵，有过冲突，有过突然的扭打，也有过梦幻般的缱绻旖旎。给我们上政治课的是布鲁克林·本，这门课上人通常很多，它描绘了一个没有背叛和杀戮的世界。他用他那平静、沙哑的声音和轻柔的犹太口音，使共产主义辩证法那些干巴巴的要求变得丰满起来，成为洋溢着爱与理想主义的营养大餐。

他盘腿坐在床上，军便帽塞在耳朵后面，大大的眼睛里那温暖的、红糖般的甜蜜令人倾倒，他讲的话在战争正进行的此刻可能显得很反常，但无论老兵还是新人——他们都见过死亡，或是嗅到过它的气息——都觉得自己需要听听。奇怪的是，他是我遇到的唯一对法西斯分子有正面评价的人，他称他们为“雪糕棒棒糖男孩”或“幼儿园凶手”。他的课被贴在布告板通知，因此大概是官方课程，每次都被挤得水泄不通。然而大约一个星期之后，他消失了。我听说他在一条小路上被人用棍子打了一顿带走了。“亲法西斯的眼线。”有人这么说道。

我们中的许多人现在都睡在军营的地板上，用沾满泥的草席当床垫。因为天气实在太冷了，我们索性烧掉了军床取暖——最开始只是不小心把它们弄裂了。我们把木头扔进打孔的油桶里生火，晚上围着它坐成一圈，肩膀上披着斗篷。这群人里有道格和丹尼，瓜施有时也在（在我们受得了他的时候），还有一个骨瘦如柴的瑞典人，一个拄着拐杖的美国人——传说中有人用手轻轻一弹，就能完成把烟草塞进卷烟纸、卷烟、舔烟卷、封好口然后点上火这一系列动作，他就是其中之一。

来自美国和瑞典的这两位同伴，此刻被火光勾勒出轮廓，他们的脸上有我们无法了解的伤痕。他们俩的眼珠似乎都好好地待在脸上，但实际上却几乎要脱落，眼球周围能明显看到深深的凹痕。两个人的神情中都带着一丝筋疲力尽的疯狂，言语中流露出倦怠与苦涩。

他们都是阿拉贡战线的退伍军人。那个美国人说他希望英国人能少派点废物出战；那个瑞典人则说他不在乎他们派什么人，只要他现在能回家就行。说这话的时候，他轻轻地摇晃身体，仿佛正在乡间小路的公交车上颠簸。

“你回不了家的。”美国人说道，“你的腿还在——军队还能用你呢。”

他说着快速卷了一支烟，举到了瑞典人的嘴边。瑞典人舔舔烟卷，吸了烟，长长地呼出一口气。

那个美国人说，阿拉贡战线完全是一团糟。没有大炮，没有飞机，没有对时机的掌控，没有领导，每个人都像兔子一样到处乱跑。他是个机枪手，也有一架漂亮的重机枪——只是他们给他的弹药不对——这就是他被击中的原因。幸运的是，他还活着，而他的同伴们却一个都没能幸存。

法西斯军队反攻的时候，他们正守卫在离贝尔契特不远的一座山上，后来被包围了，没法开枪也跑不掉。一些摩尔人俘虏了他的同伴，一个接一个地割开他们的喉咙；他被扔到一座桥上，摔断了腿，继而昏迷不醒地躺了两天，然后拖着疲惫的身躯回到大路上。前线已经转移，于是他被部队的面包车接走了。

他漫不经心、活灵活现地讲着他的故事——有种淡淡的残酷，却并不夸张。“我们被陷害了，该死的。就像待宰的羔羊。别让法西斯通过！但他们踩在我们身上过去了。”他轻描淡写地描述着那个监督手下割开同伴喉咙的西班牙军官，包括他衬衫上的血迹和那白嫩的双手。

“你们知道我回来之后，他们给了我什么吗？”他说，“我猜这是一种欢迎我回家的方式。”他慢慢地挪动拐杖，从腰带上取下个什么东西，默默地递给我。这是一种杀人用的、刀刃很宽的阿尔瓦塞特折刀，几个世纪以来，一直是这里的一种邪恶的特产。我从喇叭形的刀鞘中展开刀刃，铁质的刀面映出火焰的红光。炽热的刀身上刻着古老的字母：

> No me saques sin razon,
> no me entres sin honor . . .

“拔刀须有缘由，收刀勿损荣耀。”美国人郑重地说。

第五章　塔拉索纳德拉曼查

终于，他们挑出我们中最年轻的一群人，把我们送上了敞篷卡车，开往塔拉索纳德拉曼查。那是第十五旅的训练营，穿过平原再向北约三十英里方可到达。这是我们成长为战士的道路上又一个悠闲的阶段。我们中没有一个人开过枪，甚至都还没拿过枪，但在塔拉索纳，据说我们可能会有这个机会。

六辆卡车带我们驶过拉吉内塔结冰的河流，又载着我们穿越高原。被冰雪反射的阳光如北极的夏天一般耀眼，黑压压的伞松伫立在四周。这一次没有呼啸而过的风，虽然依旧寒冷刺骨，我们还是一路唱着歌向着这座等待我们的小城驶去。

到了目的地，我们不再歌唱了。塔拉索纳德拉曼查小城看上去冷酷而无情，像一块生锈的卡斯蒂利亚铁块。被白雪覆盖的简陋小屋聚集在泥泞的广场四周，贫困的景象让这里看上去有种西伯利亚式的沮丧。矮胖的、穿着棉衣的人们静悄悄地走着，仿佛每个人都裹在自己的茧里；这种寂静是如此刺耳，似乎这座小城和这里的人们在共同遭受一种毫无目的的监禁，再也找不到任何柔软、温暖、体贴或仁慈的东西了。这样的西班牙仿佛是一具躺在停尸台上的冻僵的尸体，我们曾经热情高涨，但如今看来我们似乎来得太迟了，不是作为守护者——而是午夜的清道夫而来。

毫无疑问，阿尔瓦塞特已经相当狼狈不堪，但在这里，我仍记得当我们跳下卡车、打着呵欠走在空空荡荡的扇形广场上时，我的伙伴们呆滞目光中的惊讶。我们的预感只对了一半，似乎还有一些军人在小城里生活，他们三三两两地来来往往，或是沿着小巷，或是进出屋子，好像在执行什么复杂的内部演习。他们每个人都穿着颜色鲜艳的破衣服，似乎是他们自己设计的。其他人则提着一篮篮土豆或是一捆捆木头，还有人拿着破烂的家具。

突然，一些不知道从哪里冒出来的大人物开始对我们大喊大叫，让我们排成一列。一个奇怪的人好像从地洞里钻出来似的出现在我们面前，他说自己是政委，并对我们发表了简短的讲话。我对他印象深刻，因为尽管很冷，他破旧的斗篷下面却只穿着一件睡衣。他说我们来得正是时候，胜利就在眼前，就在我们的掌握之中，等待着我们在意识形态纪律的基础上做出最后的努力。他一边说，一边不停地跳上跳下，像个急着要上厕所的小男孩。这个男人穿着破烂的、不成对的拖鞋，脚趾露在外面。

这就是我们的欢迎仪式了。紧接着，我们被带到营房，那是一个位于后街的仓库，屋顶上满是破洞。我们依次盖章、登记、编号、签名，每个人都领到一张崭新的一百块比塞塔钞票。我惊奇地看着它，回想起当年我刚到西班牙的时候，仅仅五比塞塔就能为我带来一个星期中最快乐的时光。我摸了摸这张精美的、有花纹和水印的纸，不禁想象起它即将带来的奢侈生活。不过我在城里逛了逛，想看看商店里有什么可买的，但只有一家店在卖山毛榉坚果。

塔拉索纳的中央广场一定曾有过一些粗犷而斑驳的

优雅遗迹，但现在却被战争严重破坏了。这里并非战场，然而正常生活的退出与对过去突如其来的厌恶，一同在各处留下了它们病态的印记。受害者中首当其冲的当然是那座古老的教堂。这座高大的建筑由红色石头建造而成，伫立在广场上，如今显得阴森森的。教堂外面看上去压抑、沉闷、平庸无奇，里面更是像谷仓一样空空荡荡——墙壁上和小礼拜堂里的星星装饰和画像都被清理干净了，祭坛被拆除，所有的法衣也都不见了。我不禁想起了我们自己国家的内战，想起克伦威尔的追随者们砍下那些古老圣人石像的脸，把教堂当作他们的马厩。

现在，塔拉索纳的这间教堂内有一种近乎中世纪的神秘与喧嚣，不再有神圣的寂静和叮当作响的仪式，而是重新被人们粗鲁的世俗生活所占领。我看到士兵们靠着墙睡觉，正躺在被乱砍、损坏容貌的圣像下面；或是围坐在燃烧着的柴火堆旁，烟雾飘进了散落的阳光中，直升至屋顶下破碎的彩色玻璃窗边。这里有争论，有歌声，有水壶里永远沸腾的水声，有被熟睡的人绊倒发出的咒骂声，有铃铛随着跑跳或恶作剧发出的叮当响声，有动物突然发出的尖叫和女人的欢笑声。

在如今共和军控制下的西班牙，所有的教堂都像这里一样——它们曾在漫长的岁月里担任着信仰堡垒的角色，甚至指挥着最贫穷的村庄，统治着身穿黑衣的农民，用令人生畏的仪式、流着蜡泪的圣母玛利亚和饱受折磨的耶稣基督、锡箔装饰的圣徒以及天堂流光溢彩的景象，管教他们的生命和灵魂——而现在，几乎所有的教堂都已被接管、清空、毁坏，它们的秘密和力量被消解，变成了功能普通的建筑和日常聚会的场所。

但在对塔拉索纳主教堂的这种占领中，我还注意到一些别的。在擅自闯入这曾经的神圣之地的士兵们显得格外热情和吵闹之时，当地的村民则可能因为过去经常定期来这里听弥撒、忏悔他们心底的秘密，而对自己如今的所作所为感到些许羞怯和震惊，偶尔歇斯底里地发作一阵之后，便会像不受管束的孩子一样，被自己的任性吓一跳。

我们在篝火上煮着热红酒度过了第一个夜晚，想要唤醒味觉。我和道格、丹尼还有布鲁克林·本在一起，他在小路上被袭击之后又奇迹般地出现了，现在既没了瘀伤又消除了政治上的嫌疑。和我们一起的还有萨舍，他是一位来自巴黎的高大的俄罗斯白人，最近刚到我们连队。

丹尼找到了一些干香肠，于是我们串在棍子上煎着吃。巨大的影子在高悬的拱形天花板上移动，忽隐忽现，然后消失在墙边。我们感到不安；我们还没有习惯这个村子的生活方式，那种近乎野蛮的随意与阴郁。我们还不知道在为什么而做准备，也不知道等待我们的会是什么。我们喝热红酒的时候，萨舍背诵了几首马雅可夫斯基[①]的诗，本说如果用意第绪语诵读会更动听，他们俩在一旁争执不下。丹尼则唱起了音乐剧里的老歌，不过他唱得无精打采，像带着鼻音的哀鸣。道格受不了了，用毯子蒙住了自己的头。

最后，我们离开了荡漾着音乐《戈雅之画》的篝火、缭绕的烟雾和光线昏暗的教堂，回到了冰冷的营房。守卫们正缩成一团坐在门廊上，他们头戴巴拉克拉瓦盔式帽，裹着斗篷，月光映在他们的刺刀上闪闪发光。他们好像不在乎我们是摩尔人还是异教徒，只是像狗一样缩着躲避寒冷。

---

①弗拉基米尔·弗拉基米罗维奇·马雅可夫斯基（Влади́мир Влади́мирович Маяко́вский，1893—1930），苏联诗人、剧作家，代表作有《穿裤子的云》《宗教滑稽剧》等。

军营的地板似乎被睡着的人挤满了，但我们还是在角落里找到了一块空地。

“顺便说一句，”道格在稻草上坐下来时说，“我今天看到了你喜欢的那个女孩。你知道的，就是那个菲格拉斯的小姑娘。她杀了她爸爸——还是她爷爷？哎，我不知道，但我刚才看见她和一个军官在街上骑马。”

第二天天亮前，我被军号声叫醒——那是一种纯粹而清冷的声音，像冰柱一样纤细，正从冬天晦暗的天色中传来。尽管我们睡得很沉，并且咕哝着还想继续睡，一些人还是渐渐喜欢上了这种被唤醒的感觉，任由军号清脆的乐音打破黎明的寂静，像一个神灵般将人们唤醒。当然也有人咒骂这讨厌的家伙，但是部队依然为它的号手感到骄傲；他不是那种粗鲁无礼、爱出风头、用噪音惊扰好眠的人，他对着冰冷的星星小心翼翼地吹奏，像威尼斯玻璃的嵌线工艺一样，将它们慢慢抽离夜空。

我后来慢慢了解了他。准确地说，他并不是士兵，而是一位来自昆卡的唱诗班少年，今年十三岁。我们的指挥官听到了他的歌声，绑架了他，销毁了他的身份证明文件，把他当作一个养尊处优的囚犯带到塔拉索纳。人们有时在白天看到他，他漂亮得像个洋娃娃，套着宽大的制服从人们身边溜走。我和他说过一次话，但他却用拉丁宗教词汇回答我，巴不得一个人待着。的确，他似乎总是一个人，扭捏着跑到小路上，或者匆忙躲进田野里。只有在黎明或迟暮的阴影中，当他默默站在自己的位置上不被人发觉的时候，他才能奏出微弱而缥缈的号音。

起床号之后是短暂的奢侈时光，可以躺在床上醒神，等着今天“轮班”的人去外面的雪地里端来一桶在火上煮好的咖啡。我们把咖啡倒进各自的马克杯，它的色泽和温暖的触感都让人舒心，但味道却像锅里的油。

我们连队的指挥官特里又矮又胖，来自斯旺西[①]，以前是一名军士，今年四十岁。他每天早上六点半左右就开始大喊大叫。他还学会了一种奇特的阅兵场走路方式，即使房间里一个人也没有，他也会用这种令人难以理解、毛骨悚然的方式走路，留下啪嗒啪嗒的脚步声。

①斯旺西（Swansea），英国威尔士南岸的重要港市。

我们的连队就这么三人一排地站在外面结冰的小路上，大块头在前面，小个子在队尾，活像菜摊上摆的蔬果，然后拖着沉重的脚步向广场走去。

早晨的游行是这个悲伤的小城一天中唯一坚强起来的时刻，似乎使它有了些决心和力量。这时，营部里所有的人都会从各自栖身的角落走出来，一起站在清晨的红色天光下，面对着我们那身材矮小却不失优雅的指挥官。

除了在和谐的整齐划一中展现出些许怪异和英勇斗志外，我们的队列并没给人留下格外深刻的印象。我们是否知道，当我们站在那里，高举紧握的拳头，破旧的外套飞到空中，三个人中连一把枪都没用，却已经将自己置于欧洲崛起的军事力量、盟友们的闪烁其词以及俄国致命的犬儒主义的对立面上了？不，我们并不知道。虽然那时候，比起参加的军队，身穿破旧制服的我们更像是战俘，但我们坚信自己拥有不可战胜的精神武器，坚信在世界和上帝的眼中，我们在这场战斗中站到了正确的一边。我们还没有认识到，纯粹的理想主义连一辆坦克都无法抵挡。

游行结束后，我们在雪地里训练—— 一个个圆滚滚的身影在雪地里跑来跑去、蹦蹦跳跳，每个人都裹着斗篷和围巾，就像勃鲁盖尔[①]笔下的中世纪画。这种中世纪风格蔓延到了大街上，下班后的士兵们围坐在永不熄灭的篝火旁，或是像孩子一样四处乱跑、做滑梯、玩雪球。

道格、萨舍和我被连队指挥拉到一边，他递给我们一把马克西姆手枪，让我们把枪拆开、清洁、组装、开枪，然后逐渐习惯它。他认为我们自会组成一队，但我不知道他为什么这样想。在教堂一间冰冷的地窖里，道格和我把枪拆开，萨舍重新组装起来，但头三次开枪的时候，手枪都卡壳了。身材高大的萨舍开始咒骂。道格又把枪重新组装，这次开枪成功了。“该死的俄国人。”他说道。但萨舍丝毫不恼，他还拥抱了道格，给了他一卷烟草。

那天晚上，我们在雪地里排队等着开饭。这一天很难熬，吃饭的时间也很晚。我们在食堂外的小巷里唱歌吟诵，用勺子和叉子敲打盘子。终于等到开餐了，食物

---

①彼得·勃鲁盖尔（Bruegel Pieer，约 1525—1569），被誉为“16 世纪尼德兰地区最伟大的画家”，以农村生活作为艺术创作题材，是欧洲美术史上第一位“农民画家”。

仍然是通常的一堆混着沙子的豆子和灰色的肉丸。不过没有人抱怨，我们吃着驴肉，这已经比大多数人都要好了。

然后我想起，到塔拉索纳几天后，一个特殊的场合把我们一大早就叫起来了。军号在凌晨五点左右就响了，特里大喊大叫，表达着一种兴奋的情绪。我们被要求打理一下外表，甚至刮刮胡子、改变改变形象。接着，一袋带流苏的、崭新的军便帽被发了下来，但大多数人只试戴一下便扔掉了。

他们并没有把我们带到练兵的地方，而是走进了昏暗的教堂，让我们面朝一个半遮住祭坛的平台站成一排。我们浑身湿漉漉、冒着热气，跺着脚，咳嗽着，瞪着空荡荡的平台抱怨不停。但电灯突然亮了，气氛一下变得紧张起来。

突然，一个矮小的男人跳上了平台，像一头牛犊一样生机勃勃，仿佛穿着短毛外套的弥诺陶洛斯[①]。他半秃的头顶光亮，浓密而威严的眉毛下面是一双锐利的黑眼睛。

---

①弥诺陶洛斯（Minotaur），希腊神话中的人身牛头怪物。

“同志们！”他喊道，“我非常荣幸，终于见到了你们——英勇的民主捍卫者，抗击法西斯分子的斗士……”他是英国共产党的领袖哈里·波利特。

我很好奇，他是从哪儿来的，这个时候在这儿干什么？他打扮得如同在伦敦国王街的办公室里上班一样，但却是站在黎明时分的拉曼查教堂祭坛旁，挥舞着拳头、语速飞快、充满激情地演讲了足足半个小时，直到我们被牢牢吸引，全都高举双臂欢呼起来。波利特拥有成为政治领袖的天赋，能成功地在清晨六点半唤醒一群冷酷阴沉的暴徒，用他那短促犀利而极具挑衅意味的言辞向人们扫射，直到每个人都为胜利发出咆哮。波利特的战斗风格也很简单，他号召我们要团结一致，有牺牲精神，并运用其他激进的战斗方式；但即使是这些陈词滥调，经他之口都被打磨成了英雄的投石器所需要的巨石和弹丸。

我想，我们都对这个小个子男人感到惊讶，经过筋疲力尽的旅途，他在冬日的黎明来到异乡，却还能饱含激情与狂热。他是我见过的第一个专业的工人阶级领袖，说着诸如“示威游行”“号角”之类的字眼。虽然我们情绪萎靡，他还是让我们坚信，我们不仅能击败佛朗哥、希特勒和墨索里尼，还会继续为工人们占领整个世界。我们都是英雄，而他是我们的领袖，我们为他欢呼，因为他站在那里，比生命本身更高大，闪耀着崇高的光芒，激动得浑身颤抖。

然后一切都结束了。那些咒语和魔法都失效了。他从台上跳下来，试图与大家融合在一起，但立刻就被一群人推搡着围住了。但他们并不是来拍他的背表示祝贺，或是举起他、欢欣鼓舞地穿过整个小镇的。不，他们扯着他的袖子，倾诉他们的不满，要求被送回家。“不行啊，你知道吗，我在这儿待了九个多月。申请了休假，但没有得到答复。他们什么时候才能回复我啊，同志？嗯？”我最后一次看到清晨时那个像启明星一样的人时，他正倒退着往门口走。他小声地劝解着，眼睛不停搜寻着什么想要逃脱：“对不起，伙计们——对不起……这事跟我没有关系……对不起，我什么都做不了……”

那天晚上，我听到一个年轻的女声在呼唤我的名字。当时我走在教堂附近，本以为已经没有姑娘留在塔拉索纳了。但那呼唤的声音有一种熟悉的、幻觉般的回音——道格是对的，是那个菲格拉斯的“小姑娘”。

“洛伦佐——法国小伙子。”

“尤拉莉亚！”我喊她。

她走过来靠在我身上，小手与我十指相扣，让我带她回她的住处。她正在为红色救济会工作，她说……还有其他一些事。她知道我在这里，一个朋友告诉她的。我有没有杀过法西斯分子呢？哎！再见到我真是个奇迹——“洛伦佐！——我的法国小弟弟……”“是英国。”我冷淡地说。她轻轻咬着我的袖子，似乎要把自己像细长的皮带一样系在我身上。

她的“住处”是一幢老房子顶上一个没有窗户的小房间，除了一张床和几幅海报外什么都没有。床头边放着一瓶葡萄酒和两个杯子，门后挂着一件男士厚大衣。

尤拉莉亚转过身来，冲我粲然一笑，露出了她的舌头，她的脸庞就像褐蛇刚孵化出的蛋。在昏暗的灯光下再次看着她，我已经忘记了她是多么美丽、柔弱而危险，我那残忍的小小舞者啊。她穿着紧身的制服，显出纤细的腰身。她把头发剪短了，看上去就像一个十岁的男孩。

她让我在床上坐下，给我倒了些葡萄酒。

“红色救济会，”她说，“我听说他们想杀了你。”

“那是个错误”。

“他们总是犯错！”她举起我的手，把杯子放在我嘴边，“我可怜的小弟弟。他们现在不杀你了。”

“之后还是会。”

“也许以后会。但不是现在。”

在昏暗的冷光下，她迅速拉开制服的拉链，仿佛剥开了皱皱巴巴的绿叶，露出包裹在其中的震颤着的奇异果实。我一准备好，她就跑过去把那件男士厚大衣从门后拿过来，帮我穿上，然后自己也挤了进来。她浑身冰冷，嘴唇划过我的胸膛，近得好像第二层皮肤。尽管天气很冷，我还是闻到了她身上那令人难忘的气味，那是我从未在其他人身上闻到过的—— 一种混合了新鲜蘑菇、揉碎的百里香、燃烧的木材和烤过的橙子的味道。

我从没好奇过为什么这种事情会如此轻易地发生，也没有质疑过这次漫长而神秘的巧合。在我那个年纪，没什么事是值得惊讶的。或许你曾在一辆经过雷丁[1]却走错路的火车上，遇到一个惊鸿一瞥却再难忘怀的女

---

①雷丁（Reading），英国英格兰东南区域伯克郡的自治市镇。

孩，突然，她就出现在伦敦一家咖啡馆某个人的桌边。又或许，你曾在伦敦金融城碰到一个从拥挤的公交车上跳下来的姑娘，那张脸让你的心跳都停止了，但几天后，你却在一家电影院看到她坐在某个人身旁。青春有着珍贵而极富吸引力的运转模式，让她径直跨越乏味而纷乱的人群，就这么与你相遇。

于是我又和这个深情的姑娘在一起了。在那遥远的菲格拉斯的地窖里，她先是什么都不问就抱住了我，向一个陌生人诉说她的恐惧和仇恨，然后留下一串亲吻便消失了。而现在，在离菲格拉斯四百英里的地方，她又意外地出现在这个夜晚，出现在这个被军队包围、了无生气的小城。她再一次紧紧靠着我，我感受到她的手在痛苦地摸索着，再度听到了她那熟悉却难以理解的低语。在这一晚我们最后的绝望挣扎中，我唯一听懂的，是她说她找到了她的父亲和兄弟，一个法国小男孩洛伦佐，以及她再也不会和我失去联系了。

我在大家醒来之前回到了营地。我是从墙上的洞里爬进去的，以此躲避哨兵的视线。我在道格身边躺下的时候，他一下子醒了，说有人来找过我。但他说他不知道是谁，阿尔瓦塞特的某个长官。然后他咕哝了一声，又睡着了。

第二天，在笨拙地摆弄了一上午马克西姆枪之后，我被连队叫去参加“特别任务”。我不知道是不是曾经审讯过我的山姆安排了这件事，还是其他什么人因为什么而安排的，但它变成了我生活里秘密而复杂的一小部分。我和其他几个人一起在广场附近一个私人的小房子里工作。我们中几乎没有人来自同一个国家。我们的头儿——卡塞尔，来自马赛。

这栋房子的地板上、墙壁上、狭窄阴冷的房间里还有罗马－摩尔式梁柱上都贴着漂亮的瓷砖瓦。它之前可能是一个律师或医生的家，也可能属于这里某个地主的儿子，甚至是一个牧师。但现在除了它优雅的比例，其他什么都不剩了。我们用灌木生火为自己做饭，睡在地板上。

我们的团队看上去破碎而疯狂，但这一点似乎十分必要。我们中有三个人说英语，另外三个说西班牙语，但法定通用语却是法语。我不会试图详细描述我们有多么可笑，他们让我们两人一组地负责开会、报告、分发和签收左轮手枪、笔记本、巡逻跟踪等活动。我们的工作还包括掩护、重复、监视、窃听，以及用很长的时间来思考我们到底在做什么。在我们开始了解彼此的时候，晚上偶尔会有余兴活动，有篝火、干邑和音乐。还有些时候，我们不禁会怀疑自己行动的目的，尤其是当行动的手段和结果都很卑鄙的时候。

过了这么久，我已经没法回忆起这个团队中的所有人，许多人都像皮影戏那样只剩下轮廓。我记得我们的头儿卡塞尔，他瘦得像剥了皮的桦树，脸颊消瘦，眼睛里却透着狂热。我们中还有埃米尔，一个荷兰教授，他驼着背，留着胡子；面色红润的拉斐尔，来自哈恩的一名驯马师；两个瘦小的比利时人——让和皮普——像狐猴一样敏捷、柔弱；还有一个肤色黝黑、沉默寡言的加泰罗尼亚人，我们给他取了个外号叫“老伙计”，他好像以前是个修道士。

当时，我到塔拉索纳的时候已经很晚了，这里一片混乱，不再仅仅是国际纵队的基地。无论是在政治上还是实战中，它的军队都越发分散、行将势败，一种审慎的新民族主义逐渐统领了局面。那些衣衫褴褛的队伍里曾经挤满了来自英国、欧洲的愚钝新手和散兵游勇，现在共和军部队的加入正式提升了整个队伍的素质——巴斯克人、加泰罗尼亚人、加利西亚人、卡斯蒂利亚人、瓦伦西亚人，甚至马略卡人。在这样一个毫无中心的混乱群体中，我们的团队仿佛回家一样自在，行动无须指导或意见。

我回想起圣诞节前执行的一项小任务，但同样不知道它确切的目的是什么。卡塞尔把我们叫到房子的一间内室里，让我们传阅一张照片，告诉我们仔细记住它。照片上是一个瘦削的、微微驼背的年轻人，有着深色的厚嘴唇和年轻牧师或诗人那样迷蒙的大眼睛。他的额头光滑而充满稚气，长长的下巴微微翘起。

卡塞尔给我们讲述了他的故事——与这样一张脸实在不相称。他似乎是个有钱的马略卡人，一位伯爵的儿子，也是巴塞罗那起义中的英雄。他是一名枪手和爆破手，曾处决三名托洛茨基派的主要成员，也曾被绑架、折磨并判处死刑。但他逃了出来，来到南方，有人在阿尔瓦塞特见过他，据说他现在正往这里来。

“为什么到这里来呢？”埃米尔问道。

“他知道在我们这里他是安全的。”卡塞尔说。

两个瘦小的比利时人面面相觑。

“他叫什么名字？”荷兰人问。

“谁知道呢？”卡塞尔说，“什么都可能。”他把照片翻过来，“但是这里写着‘福特萨’。”

所以我们决定叫他福特萨，然后开始全力搜查——首先要盯着早上开进来的卡车。我和拉斐尔一组，我们一起仔细观察每一张新出现的面孔，假装是在记下数字、清点人数。卡车摇摇晃晃地停在广场上，引擎盖冒着热气，人们像泥点一样跳下卡车落在地上。在朦胧的天光里，一张张无精打采的脸从我们面前经过：苍白、饥饿、空洞——有盎格鲁－撒克逊人、斯拉夫人、法兰西拉丁人、伊比利亚人。唯独没有福特萨的踪影。

两天的时间里，我们查看过所有的卡车，还检查了教堂、兵营和外围的宿营地。第二天晚上，卡塞尔把我们叫到一起。“他在这里，”他说着，脸上的表情因为关切而变得温和起来，“但他不想露面。”我们的工作仍然是找到他，而且要赶在别人之前尽快找到他，为他提供保护。福特萨年轻而可贵，此刻正处于被追捕的危险之中——但是他也已经失去了勇气。如果他落入坏人手中，卡塞尔还在说着……

我呆呆地盯着墙上漂亮的瓷砖，在温暖的篝火旁昏昏欲睡。卡塞尔的声音持续滑过耳畔；拉斐尔坐在地板上，拣着豆子，把它们泡在水里；埃米尔弓着腰、盘着腿，在书页的空白处写写画画；让和皮普在玩袖珍象棋。我们大家似乎都在等待着什么，但同时又沉浸在轻松舒适的氛围中。

突然传来一阵低沉的敲门声，卡塞尔起身去开门。他回来的时候神情古怪而紧张，但却容光焕发。他把拉斐尔拉到一边，然后拉斐尔把我也叫过去，扔给我一件厚外套。在我们离开之前，他领我穿过厨房，我们各自喝了几杯干邑。

午夜过后，我们在静谧而寒冷的夜色中出发了。拉斐尔开始咕哝着脏话，似乎比他平常挂在嘴边的西班牙语咒骂更犀利、更有攻击性。此刻的塔拉索纳没有一丁点灯火，但星星却又大又亮。我们并不是去巡逻的，拉斐尔明确地知道他要去哪里。我也是，尽管这种笃定让我有些害怕。

我们很快便到达一条小巷，即便是在星光下，我也能从奇特的蜿蜒墙壁中辨认出它来。我认得我们走进的这栋漆黑的房子和楼梯上松动的木质台阶。我也认得我们敲响的那扇摇摇欲坠的门。

尤拉莉亚看到我们的时候一点也不惊讶。她显然已经等了一会儿了。她把蜡烛靠近我们的脸，转过身朝床边点了点头。她穿着紧身、整洁的工作服，头上包着一条围巾。“过来，金发小伙。”她对我说。

在她凌乱的床上，有一个人正因恐惧或高烧而浑身颤抖，我们一眼就认出他正是照片上的那个年轻人，只是那张曾经像牧师一样梦幻而光滑的面庞现在伤痕累累。他一看到拉斐尔和我就缩回了床上，蜷缩着身体，用下巴抵着膝盖。他突然咳嗽起来，尤拉莉亚拍着他的背帮他顺气，用一条破毯子裹住了他。

我们在床边坐下，等着他停下来。他咳嗽的样子就像一只小狗。尤拉莉亚站在门边，一双大眼睛里闪烁着烛光，但它们已不再是那双我熟悉的、会说话的眼睛了。

“法国人。”她说着，猛地把头一扬。拉斐尔咒骂了一声，把他的手放在我膝盖上。“我们可以带他走，”他说，“他只是一个孩子。无论如何，他一定要跟我们走。”

福特萨平复了下来，努力坐起身。他问我们有没有干邑。拉斐尔带了一壶，给了他一些，他像小鸟啄食一样小口啜着。然后他笑了，让我们把他拉起来。拉斐尔高兴起来，用胳膊环住福特萨的肩膀。“我们很担心你，伙计，”他一边说一边领着他向门口走去，“看在上帝的分儿上，你为什么要冒这种险呢？”

福特萨挣扎着站稳，我看到他眼中的恐惧渐渐消失了。尤拉莉亚轻轻地抚摸他的后颈，然后用她冰冷的手触碰我的脸颊。“他可能变得跟你一样，小兄弟。”她说。我们搀着这个小伙子走下楼梯，穿过街道。福特萨瘦骨嶙峋的身体轻得好像一捆木棍。

我们把他带回小屋的时候，卡塞尔正在篝火边喝咖啡。让和皮普扔下了手中的棋，荷兰人停止了写作，他们都到门口迎接拉斐尔和我。然后，卡塞尔站起身来大步走上前，黑色的皮雨衣沙沙作响，他张开双臂搂住福特萨，亲吻了他。

福特萨静静地站着，既不发抖也不再咳嗽。“欢迎你，同志，”卡塞尔笑着说，眼眶里含着泪，“我们还以为你出事了呢。”他快速地上下抚摸着男孩瘦弱的身体，把他带进了内室。让和皮普继续玩起他们的象棋游戏，荷兰人也重新开始写作。过了一会儿，我们听到一声枪响。

第六章　塔拉索纳困境

而今，我们把大部分的时间都用在注视和等待上：互相注视着对方，等待着战争的进展。情况日益恶化，我们满腹困惑和猜疑。共和国正处于危险之中，在敌人面前没有人敢轻易冒险。但是对于卡塞尔交给我们的几次秘密任务，几乎没法看出它们的动机何在，至于背后的权威——即使真的存在，也只是一个谜。虽然我深感质疑，却希望这些任务都有某种目的，然而如同在大部分战争中一样，它们只不过是拙劣而恶毒的玩笑罢了。

有一天，拉斐尔和我被派去追查一个老农夫，他住在面朝马德里古埃拉斯的一片荒地上。在几次规模较小的破坏行动中——几辆卡车被炸，部分桥梁被毁——这位老人被认为是幕后主使。一个邻居曾看见他把一长串炸药装进盒子，于是我们被派去把他抓回来。

我们在冰天雪地中走着，这一次拉斐尔没有喝干邑，而是抽起了烟。他把报纸干燥的边缘部分卷起来，里面塞了一小包香草。拉斐尔什么都抽：山毛榉的老树叶、糖渍的苔藓、玉米皮，甚至是用焦油碾碎的松树树皮——至少闻起来像是这样。至于用来卷烟的纸，他偏爱外国报纸——《巴黎晚报》或是《人道报》——或者古老的祈祷书那薄薄的纸页。

“这些业余的爆破手是最坏的，”拉斐尔说，“他从哪儿弄来的炸弹？当然不可能是用降落伞投的。无论如何，我们需要找到炸弹。还有他。”

我们在傍晚时分到达农场。农场周围有一丛荆棘，还有一条用皮带拴住的发狂的狗。房子的柴木屋顶是被沉重的石头压住固定的，墙上的灯光仿佛白蜡滴落泛起的涟漪。我们没有看到马、骡子或驴——可能我们在塔拉索纳把它们都吃光了。

我们避开那只狗，向房子走去。一个瘦小的妇人来到门口，看到了我们的枪。她努力抑制眼中凶恶的神色，对我们表示欢迎。“进来吧，只有老头在家。”她说。那只嚎叫的狼狗不停向前蹿，把铁链拽得笔直，它在空中挥着爪子，被唾液浸湿的牙齿像冰一样闪闪发光。

我们走进空荡荡的小房间，发现爆破手正站在那里。他手里拿着黑帽子，身上穿着他或许是最好的灯芯绒西装，已经整装待发。

“马里奥·努涅斯，听候您的吩咐。”他说。

“都是谎言。”妇人喊道，愤怒地走来走去，身体像骑在小自行车上一样晃动着。

农夫垂着头站在那里，听天由命地等待着。

“那是个谎言——谎言！”妇人又叫了起来。

拉斐尔扛起他的步枪，说我们该走了。农夫举起一只修长的、黝黑的手，轻抚着妇人的额头，他们在这间明亮却光秃秃的房间里一动不动地站了一会儿，就像两尊老旧的木雕。

一辆车在外面按响了喇叭，我们领着农夫出了门。埃米尔和让正等着带他去阿尔瓦塞特。人们认为这位爆破手能告诉我们很多东西。与此同时，拉斐尔和我要搜查这个农场。

那个妇人跟着我们回到了房子里。

“你们这些混蛋想干什么？”她问道。

“我们只想找到炸药，老奶奶。”拉斐尔说。

“你在这儿找到炸药的概率跟找到圣母玛利亚差不多。”妇人说。

“这我倒是相信。”拉斐尔说。

我们搜查了这栋房子，但几乎什么都没发现，只有墙上挂着的特雷莎修女和政坛代表人物拉尔戈·卡瓦列罗的画像，还有一些卷起的垫子和地板上的木碗。这样的人究竟怎么可能搞破坏，甚至是危险人物呢？但确实有人曾看见他把炸药装进盒子里。

我们走进院子，对外屋进行检查。那个妇人像一只趾高气扬的老鹰一样跟着我们。房子是用摇摇欲坠的泥砖砌成的，屋顶的茅草被风吹断了。一些马具、马车的残骸，以及装在破木桶里的橄榄石散落在四周。拉斐尔开始在地板上跺脚，然后他终于找到了——一个用铁环装饰的腐烂的活板门。

“希望在这里！”拉斐尔说着拉开了门。我们沿着梯子向下爬，进入一个阴暗的小地窖，划亮一根火柴，眼前便出现了一个上锁的箱子。这时，那个老鹰一样的妇人从背后撞开我们，飞跑下梯子，用她长长的黑指甲抓我们。

她一边跟我们扭打，一边诅咒我们和我们的家人。然后她转过身来，朝着那个箱子飞扑出去。我记得她破烂的黑衣服在胳膊和腿上展开，仿佛一只被射中的乌鸦挂在篱笆上。就是这样。拉斐尔把这个筋疲力尽的女人抱起来，放在角落里，她的身体仍然挺得笔直，不停哭泣着。

我们踢开箱子上的锁，打开了盖子。在昏暗的光下，我们看到一串串长长的白色炸弹整齐地堆在一起，有许多许多。拉斐尔叫了起来："圣母玛利亚！那个狡猾的鬼老头。这足以炸毁一支军队了。"他一边喘着粗气，一边小心翼翼地拿起一串炸弹。它分成两部分，每一部分由一根线连接在一起。用来串联炸药的是那个老农民帮教堂保管的祭坛长蜡烛。还有一些牧师的行头也藏在箱子底部。在那时，人们认为逢迎神职人员就同炸毁我们的桥梁一样行径恶劣。

不过很快，在没有任何解释的情况下，我从卡塞尔的小组中退出，被换到了另一个连队。我不知道这是因为我通过了某种考验，还是只是被抛弃了。但对我来说，我又可以回到军队中了，不用再继续待在那间有小阳台的漂亮小房子里，不用再在篝火旁度过昏暗的夜晚，也不用再跟卡塞尔一起享用特殊的晚餐、一起为他那些恐怖而目的不明的行动进行预演。

我离开时，他跟我握了手。

“我们都不专业，”他含糊地说，“在这场战争中，我们负担不起专业人士。但我们必须追随这场战斗，无论它把我们引向何方。”

我的新连长是个波兰裔美国人，戴着一顶西伯利亚帽。他有一张美丽却茫然的脸，总是一副懒散的样子，一点架子都没有，以至于人们常常几个小时都看不见他，结果却发现他可能正背着别人的装备走在队尾。这位卡普林同志相信人人平等，因此谦逊到了无我的程度。

我在新连队待了几天，和其他几百人一起挤在仓库里过夜。这时传来消息，说我们找到了新的宿营地。群龙无首的我们在广场上到处寻找卡普林，最后在电影院找到了他。他正在那儿写诗。他过来领我们出了城。

他带我们来到了一个坐落在山崖上的不起眼小教堂，它历史悠久、比例优美，看上去摇摇欲坠。这似乎就是我们的新指挥部了。小教堂沉重大门上的铰链已经脱落，现在大门斜靠在墙上，几乎被烧焦了。

小教堂内部已被毁坏并洗劫一空，除了一些空的小壁龛和光秃秃的祭坛，什么也没有留下。我们从泥泞的街道上蹒跚而入，衣服和雨披湿透了，每个人都扔下装备抢占属于自己的领地。很快小教堂就挤满了人，大家都迅速明确了自己的地盘，但我却像中了什么魔咒般短暂犹豫了一下。祭坛东边的彩色玻璃窗下面有一个斑驳的石头基座，上面的蓝色油漆已经开始剥落。我快步走到它跟前，扔下我的包，平躺在上面点了一支烟。然而我相信，这种姿势和故作威风的莽撞冲动，将成为我余生中的污点……

现在我的新连队里有一半的成员都是西班牙人——他们健壮结实、圆头圆脑，总是笑嘻嘻的，是典型的马德里北部乡村的小伙子。虽然年轻，他们的脸却因为暴露在寒冬和炎夏的天气中而变得干瘪，有着粗皮苹果般的质感。当他们看到我占领祭坛当作床时，其中一些人用空洞而冰冷的目光注视着我，另一些人则咧嘴大笑，拙劣地一遍又一遍模仿着我的动作。

但对大多数人来说，即使是最粗鄙、世俗、不虔诚的人，也认同这里似乎有着一片无形的区域，如果没有牧师的祷告是无法穿越的。就算是在这个光秃秃、废弃的小教堂，也似乎有一种神圣的魔法笼罩在圣石周围。墙与墙之间连接着一道道看不见的界线，大家似乎都心甘情愿地站在它后面——除了我这个小叛徒。

不一会儿，小教堂便笼罩在一种潮湿的、男人味的自在气氛中了，那浸润墙壁的幽灵般的香气也很快就被我们身上的浓郁气息冲淡了。为了抵御严寒，我们把门和破损的窗户都堵住了，用烟味和咖啡香营造出一个封闭的空间，在里面聊天、打牌、大声争吵。我们无事可做，塔拉索纳的一切都停滞了，万物俱寂。在漫山遍野的大雪之中，特鲁埃尔战役已经打响，这是最后一次孤注一掷的尝试，旨在切断佛朗哥在东北的突出部，他想要借此将我们的领土一分为二。为了尊严、政治和人民的士气，仅有西班牙共和军参与了这次进攻。国际纵队被暂时闲置一旁——实际上，官方希望他们完全不需要国际纵队的参与。

所以此时此刻，当冰雪覆盖的山峰被战火点燃，对特鲁埃尔城的血腥围攻正在缓慢推进之时，我们却只是躺在烟雾缭绕的小教堂里，等待着圣诞节的到来。

我们当中有一位真正的老兵，他是唯一有战斗经验的人，这一点在他忧郁的倦怠气质和对纪律表现出的漠不关心上显露无遗。来自毕尔巴鄂的阿图罗是连队的机枪手，他身材瘦弱，和其他巴斯克人相比高得出奇。每天早晨我都能看到他高大的身影躺在祭坛旁边的台阶上。在早餐的那桶咖啡被传过一圈之后，他便会在地板上伸展身体，像中世纪的石质文物那样僵硬且一动不动地躺上几个小时，而他那张苍白的脸上却写满了狂热。有人在小教堂的地窖里发现了一件牧师的长袍，阿图罗就用这些裹住自己。之后，他便僵硬地躺在一堆猩红和黑色相间的颜色之中，一边咒骂一边浑身颤抖。

此时，我们的连长已经不知所措了。没有检阅也没有训练，我们现在是自己管自己。有时，阿图罗会站起来，扔掉长袍，组装好他的机关枪，在墙上打出几个大洞。这大大提振了我们的精神，在阿图罗的指示下，我们便组成小队自己练习。喧闹声在这个狭长的小教堂里震耳欲聋，但我们却对自己的训练感到满意；而这也就是我们所能做的一切。

有时，尤其到了晚上，在一串串灯泡下，我感到我们的生活是如此质朴。又有一些新的美国人和英国人加入了我们连队。有人送来了葡萄酒，我们就把祭坛当作酒吧。在我的记忆中，我们都很年轻，也很直率，容易信任别人，即使在打架或其他放纵的时刻也是如此。我们之中有年轻的西班牙农民、美国学生、威尔士矿工、利物浦码头工人，他们就这么在同一个海滨国家相遇了。

在那些等待的日子里，我们很少谈论这些。我和保罗下棋，他是一位博学的机械工，来自美国俄亥俄州，他的深沉、战战兢兢与真挚掩盖了那犹太人的精明与机敏。我们焦躁不安、喜怒无常、渴望着行动。姑娘们来到小教堂的门口和窗边窃窃私语。那些矮胖的小处女，大眼睛里满是自由开放。她们一本正经地分成两人一组，站在外面等着。她们会跟着我们去任何地方，就连去农场的棚屋和杂货间也一样跟着。但是没有人会迈进我们那栋神圣建筑的门槛。

一种如狼似虎的饥饿，现在也成了我们生活的一部分，并且在冬天的寒冷和无所事事中变得更加强烈。终于，我们厌倦了橡子咖啡和寡淡的驴肉汤，于是我们六个人拿出自己的工资—— 一千多比塞塔的崭新钞票，说服一个老农民卖给我们三只鸡——每只鸡看上去都和我们一样饿。我们把这些瘦骨嶙峋的禽鸟送到一对寡居的姐妹那里，她们和老父亲一起住在小城的另一边。他们有一间几乎保持着中世纪风格的石头厨房，看上去光秃秃的——铺平的地板，高高的屋顶，墙边是砖瓦砌成的炉子，几把椅子，一张桌子，角落里有一块橄榄木，屋檐上挂着一根陈年的火腿骨和一些马具。

姐妹俩身材纤细，神情警惕，眼睛炯炯有神，脸颊深陷，身体在一身黑色寡妇装的包裹下几乎如同木乃伊。她们的父亲坐在火炉旁一张高靠背的椅子上，四肢像惠比特犬一样瘦弱。我们一群人涌进来的时候，他将小脚踩在地上，迅速站起身，伸出一只布满皱纹的手。

“别客气，”他说，“约瑟，乐意为您效劳。这是我的女儿——安塞尔姆夫人、路易莎夫人。”

姐妹俩轻蔑地扬了扬头，但眼神中的警惕丝毫没有消失。她们接过我们带来的三只咯咯叫的鸡，对我们说：“两小时后再来。”

于是我们在雪地里走了一会儿才回到两姐妹那里。安塞尔姆夫人用扫帚扫掉我们靴子上的雪。老旧的炉子里烧着木柴和废弃的垃圾，一个巨大的铁锅在上面冒着泡。整个厨房都沸腾着，蒸汽氤氲在久违的正宗家常菜的汤汁上，空气中飘荡着西红柿、干豆角和蒜味香肠的香气，去骨的鸡肉在火上煮着。寡妇姐妹们能完成这样的杰作简直像个奇迹。我们饥肠辘辘地站在那里，这种饥饿感因为即将得到安抚而显得更加幸福。寡妇们本可以再多收我们一千比塞塔的。

我以前也挨过饿，也体会过年轻时那种单纯而放纵的食欲，永远不会对食物感到厌倦。我记得自己还是个小男孩的时候，着迷于面包、黄油还有刚煮熟的鸡蛋那云朵一般的蛋白，每天晚上都迫不及待地去睡觉，因为醒来就又能吃早餐了。现在我们围坐在桌旁，姐妹俩在火炉旁忙忙碌碌、吵吵闹闹，最后把鸡汤盛到一个很大的陶制盘子里端给我们，那个等待已久的圆满时刻终于来临了。我们带来了大块的灰面包、金属刀和勺子，我们的盆是用弯曲的抛光木料制成的。从农夫那里买来的三只鸡至少曾经挨过了两个漫长的冬天，而现在它们被大卸八块，漂在一锅加了豆子和香肠的浓汤里，变得鲜嫩多汁。安塞尔姆夫人守着这锅汤，她妹妹则负责帮我们盛汤，每个盘子里都有一只炖得软烂的鸡腿。

一罐很淡的芦苇酒在我们中间传递着，它有一种混合了鼠尾草和肉桂的奇怪味道——这是一种老妇人喜爱的饮料，精致而讲究，给人以隐秘的安慰。

“快吃！”安塞尔姆夫人恶狠狠地说着，于是我们在她吓人的眼神中一本正经地掰开了灰面包。六个年轻的陌生人坐在她们家的餐桌旁，而她们为这些人炖了三只无比美味的老母鸡；我们既是客人、来宾，也是占领这里的敌人。这场战争侵占了她们的家园，而她们不得不忍受，但是姐妹俩显然没有偏袒任何一方。她们招待了我们，却没有一起用餐；我们狼吞虎咽地吃着东西，她们的老父亲则在炉子旁边盯着地板，默默等待着。

迟到的洛佩斯是我们六位中唯一的西班牙人，他主动担任了主人的角色。

“一口锅里炖了三只鸡，”他得意地看着我们，笑容满面地说，“你们中很少有人能吃得比这更好了。”

他被这神圣的时刻冲昏了头脑，开始用短粗的手指从盘子里拣出一些碎肉，一边鞠躬一边递给我们。安塞尔姆夫人用勺子打了他一下。

“你在干什么？”她喊道，“拿出点教养吧，小伙子。”

“在我哥哥的婚礼上，”洛佩斯说，“我们吃了两只鸡和一只兔子——用葡萄酒炖的，我永远也忘不了。”

路易莎夫人吃吃地笑了：“对。新娘、新娘的母亲还有新郎也在。”

洛佩斯把脸埋进盘子里。我们其他人正沉浸在面前的美食中，戳着肉，舀着汤，直接用手抓着吃，淹没于各种滋味与对美食的贪婪中。我想，我们中很少有人曾离开家这么久——除了洛佩斯，也没有人结过婚。我们吃的不再是军营里那些乡下佬在澡堂煮好、再装进生锈桶里的大块芜菁甘蓝和驴肉，而是经女人之手烹饪的食物，是特别为我们准备的。

放到现在，这一定是一顿很糟糕的、让我抓狂的饭。但在那个战争的冬天，这却是一次令人难忘的宴会。最后，我们每个人都花了几个星期的薪水。我们被姐妹俩恐吓、咒骂，甚至鄙视，但我们并没有被骗。炉子上的食物足够我们所有人吃。我们趴在桌子上，跷着二郎腿，胃几乎被食物撑满了，却还在越来越稀的汤里搜寻疙疙瘩瘩的鸡皮，用面包挖着汤里的最后一点香肠碎。我们已经吃到魔怔，软磨硬泡地又要了些葡萄酒，慢慢地啜饮着，变得多愁善感起来。午后的时光渐渐过去，连姐妹俩也变得温和了一些，给我们找来一些山毛榉坚果和葡萄干。

我们把剩下的钱也给了他们，那位老人在角落里说："现在你们连那只钟都能带走了。"

把所有东西都吃完之后，我们唱起歌来，眼睛都快要睁不开了。姐妹俩收拾了桌子，把所有的鸡骨头收进一个盘子里，放在老人的腿上。他一个接一个地把它们慢慢捡起来，放在他那光秃秃的牙床中间，惬意而幸福地细细品味着，好像在吮吸芦笋。为了这一刻，他已经等了五个小时，现在他终于等到了。他全神贯注，像风度优雅的王子一样品尝了他那份骨头。

圣诞节快到了，北风寒冷刺骨，裹着沙子的雪美丽而无情。我们从乡下搬来一车的木头，砍下这些一百多岁的橄榄木用来生火。我认为以我们当时的心态，我们中间没有一个人不会为了得到五分钟的温暖而烧掉一件珍贵的教堂雕塑、一件见证千年虔诚的圣物的。

渐渐地，前线的消息从大山中传来，内容简直让人难以置信。这场战争爆发在西班牙人记忆中最糟糕的冬天，在西班牙最寒冷、最偏远的山区之一，但我们的军队在没有大炮并且被暴风雪围困的情况下，进攻并包围了特鲁埃尔城，据说甚至还展开了巷战。在夏天无休止的撤退和残酷的失败之后，我们终于有了希望。一个月接着一个月，佛朗哥的军队缓慢而血腥地蚕食着西班牙，把我们的防线推回到东海岸。现在我们正处于极大的威胁与风险之中，我们瞄准的是一个处于前锋的城市。人们谈论的都是如何力挽狂澜、通向胜利的道路终于重新展开之类的事。

然而在塔拉索纳，在我们冷冷清清又无所事事的生活中，我们裹着斗篷，沉默地蜷缩着身体，一边一次又一次地清洗我们的枪，一边想着大山里成千上万正在战斗的人们，好奇我们来这个训练营究竟是为了什么。

在这样的寂静中，圣诞节悄然而至，无声无息，找不到任何值得庆祝的理由。我们收到了红十字会寄来的小包裹，有些来自英国，有些来自法国。圣诞节当天，我吃了两便士一块的吉百利牛奶巧克力，抽了一先令一包的普雷厄尔香烟，这让我几近高潮般沉醉。我被它们极其熟悉的味道和亲切的包装深深打动。

我又想起了当时出现的一些新闻报道和谣言。一个货车司机到我们这儿寻求毛毯补给。他花了三天的时间从前线走了一百英里来到这里。他不是什么英雄，也不是凯旋的军官，只是一个浑身颤抖、衣衫褴褛的人。他给我们讲述一路经历的痛苦和雪盲症，还有害怕在路上暴露身份的恐慌，他的眼睛像豆子一样剧烈跳动着。哦，是的，我们在特鲁埃尔打了胜仗。他见过死者的尸体像一捆捆木头一样堆在墙边，你可以躲在这堵冰冻的人墙后面，躲避风雨和子弹；他还见过骡子在严寒中猝死，然后硬邦邦地倒在路上，阻塞了交通，因此人们不得不把它们锯成几块再移走。他的故事是对地狱的颠覆，而他似乎和他的听众们一样为这段经历所震惊。作为一个西班牙人，他在自己的国家见到了如此严寒的天气、如此残暴的屠杀，而那些年轻的士兵，即使还活着，也都穿着裹尸布一样的白衣服。

我们聆听着这个双目圆睁、精神恍惚的男人讲述他的故事，营地里无忧无虑的圣诞氛围逐渐消失了。他好像打开了一扇门，领我们走进一座寒冷阴森的房子，然后擦去小屋窗户上凝结的霜，让我们看到了狼。

几天后，另一位信使出现了——《工人日报》的编辑比尔·拉斯特——他是一位衣冠楚楚、说话轻声细语、语气亲昵的男人，穿着一件深色的伦敦大衣，戴着一顶暖和的毡帽。我记得几星期前曾见过他，那时他正途经阿尔瓦塞特，紧绷的脸上写满了焦虑和疲惫。现在他却红光满面，洋溢着尽力克制的胜利的喜悦，就像一个刚刚赢得世界杯的足球队经理。

他告诉我们，特鲁埃尔被攻克了，山上的要塞都是我们的了，他已经走过了城里被解放的街道。为了证明这一点，他向我们展示了他帽子的里衬。防汗带上写着：来自特鲁埃尔的帽子。

这似乎是他唯一的战利品，一向朴素的他从一个破碎的商店橱窗里拿到了这顶帽子。那天晚上大家都挺高兴。拉斯特讲述的这场胜利，可能是我们这个冬天最满怀希望的时刻——对大多数人来说，甚至算得上这场战争中最好的时刻。

然而在新年伊始之时，所有胜利的消息都中断了。事实上，突然之间什么消息都没有了。我们这些士兵，先是一两个，然后是一大群，开始悄悄地从城里消失。某天早上醒来之后，我发现我的朋友中有一半以上都不见了，而我再也没有见过他们。

第七章　马德里电台

一月初的时候，我被派去了马德里，我感到很吃惊，因为原以为自己会被派到别的地方。这个命令虽由政委下达，却是阿尔瓦塞特的山姆上尉发布的，显然，山姆上尉并没有忘记我。

他要我同他，还有其他几个人一起，去马德里电台录几则面向美国听众的广播节目。这是这个首都城市陷入前线战争后的第二个冬天，它四面楚歌，半边被包围，像是卡在佛朗哥嘴里的拳头，紧紧顶住他的牙齿。

我们几个人挤在一辆敞篷卡车里，破晓后就出发了。在我们这群人里，什么样子的都有，简直不敢相信大家都是去录短波广播的——从外表看，有些人像是有更严肃的差事要做。我们坐在卡车后面的木箱上，等待着黎明的曙光。眼前的景色毫无生气。严寒中，伞松伫立在地平线上，好像一张脏兮兮的纸上别着的别针。

我们还要在这片空旷的土地上行驶一百五十英里，这条笔直而忧郁的道路沿着贫瘠的拉曼查高原延伸开来，除了几架坏掉的风车，没有任何人迹。在我们缓慢而颠簸的路途中，我又想起这个国家的辽阔无际。在这里，除了在帝国与宗教的辉煌外表上孕育出的、仍保持中世纪面貌的拥挤的城市贫民窟，就只剩下难以防守的平原和群山中纵深的沙漠，既不会屈从于人，却也无法提供支援。

这条路光秃秃的，只有几个无精打采的关卡；其中一个倒比其他的显得稍有精神一些，被一个全副武装的无政府主义者守卫着。他拦下我们的卡车，对山姆上尉的军帽表示抗议，说它显得不够民主。但是山姆只说了几个关键的短语，再配合他一贯的冷峻微笑，立即便使这个联防队员慌忙道歉了。

经过莫塔－德尔奎尔沃的时候，我们的车爆胎了，但这也没有给我们带来什么麻烦。我们的司机径直走到另一辆停在教堂边的无人卡车前，绕着它慢慢转了一圈，取下他想要的那个轮胎，然后在挡风玻璃上留下了一张“山姆签名”的收条。

在之后的旅途中，哈利和比尔这两个来自苏格兰格拉斯哥的阿拉贡前线老兵，开始在一块木板上打牌，并用一种含糊不清、谁也听不懂的口音激烈争吵。几个长着科尔多瓦人那种长脸的西班牙同志坐在那儿打起了瞌睡，他们身体挺直，仿佛复活节岛的神像。另一个士兵好像是荷兰人，他连着吹了几个小时口琴，那单调的曲子把战争的无聊表现得淋漓尽致。

山姆上尉一直忙着在膝盖上写笔记。我们狐疑而谨慎地一起检查了一遍。我又加入了一些自己的想法，山姆却微笑着把它们都删了。这是我们为今晚广播准备的稿子。

下午，天色渐渐暗下来，我们进入了市郊，紧贴敌人的防线蜿蜒前进。这里没什么可看的——只有腐烂的沙袋、起伏不平的道路、用砖块和床架搭建的路障、紧闭的窗户、停业的商店和酒吧。

我曾在马德里短暂停留过，就在战争开始之前的那个夏天。那时，整个城市都弥漫着一种简朴低调的节日气氛。而现在，在围攻与严冬之中，天空似乎越发低沉，我们经过关卡边披着斗篷的警卫，渐渐接近市中心。街道似乎空无一人，只有一个个弓着腰、裹着毯子的身影急匆匆地往家走。

不过，我们发现了一个舒适的地方可以过夜。我们被安排住在一个吉卜赛小旅馆里，就在埃切加赖街附近，靠近太阳门。我们来自阿斯图里亚斯的司机雷蒙，则驻扎在他的卡车停靠的鹅卵石路边——他说不想离他的车太远。这家旅馆由一个委员会管理，他们在大厅的一张桌子旁欢迎我们，给我们发了餐券，并紧握拳头敬礼。我们在餐厅围成一圈而坐，起初有点胆怯而拘谨，好像孤儿在等待救助站发的免费汤。但到了用餐的时候，尽管饭菜简单，却充满了浪荡的气氛，给我们上菜的是打打闹闹的女民兵。像其他西班牙女孩一样，她们很早就觉察到了自己身体的神秘力量——瘦小而带着原始气息的身躯，细长的橄榄形状的眼睛，还有像激光一样极具穿透力的嗓音。她们穿着宽松的蓝色工服，但腰间束得紧紧的，脖颈处深深开着叉，好像刚刚半裸着从乱糟糟的床上爬起来。

唯独山姆上尉似乎并没有意识到这里的情欲气氛，他低着头坐着，在桌上匆匆写着宣言，嘴里叼着一支弯了的方头雪茄。他和几个穿黑罩衫的老人坐在一起，他们可能是来自某个遥远村庄的公社代表，始终拘谨而沉默，颧骨处的皮肤紧绷着，粗糙的手紧紧地抓着膝盖。

除此之外，我还记得很多事：那近乎疯狂的喧闹声，从冬夜被围困的马德里市中心传来；墙上的战争海报中贴着剪下来的英雄照片，写着激励、反抗和充满希望的口号；一盘盘普通的蒸土豆，许多都被冻黑了；嬉皮笑脸的女民兵在对她们动手动脚的士兵中间敏捷地扭动身体；士兵们满嘴脏话地抓住女孩和食物不放，沉浸在空虚的快乐中，咧嘴大笑。

这里有年轻的退伍军人和没受过什么训练的新兵——他们是战士，但距离前线还有一小段距离，有人曾从死亡身边溜走却又回到这里，有人则可能很快就要死去；还有一些军官、特工、间谍、密探和记者——他们都在这空旷而黑暗的城市的一间地窖里，在这不合时宜的一刻，找到了暂时的慰藉。

晚饭后，山姆上尉把我叫到他的房间，在那里我看到了两个完全不同的人，他们蹲在桌子旁，一边点头，一边用蹩脚的英语朗读着什么。其中一个人头已经秃了，身材丰满，好像米其林轮胎人；另一个却身材苗条，俊秀得像个女学生。他们面前的桌子上放着两个吃了一半的西红柿，一些碎干鱼，还有一本马查多[①]诗集的英文译本——他们刚刚吟诵的正是这本诗集。

山姆为我们做了介绍：胖胖的男人是埃斯特哈齐，一位来自奥地利的作家；英俊年轻的那位是伊格纳西奥，之前在萨拉曼卡大学学习英语和阿拉伯语。

“帮我们听听重音对不对！”埃斯特哈齐向我招手，喊道，“来吧，同志，请过来指导我们吧！”

山姆则说我的口音很糟糕，就连他都听不懂。尽管如此，我们还是排练了这首他们那天晚上要共同广播的诗，先是齐声朗诵，然后轮流读之后的句子。

伊格纳西奥的朗诵非常动人，甚至有些女性化，他的声音好像是从腰部以下发出来的，柔美、温暖、亲切，他的眸光随着每一行的变化而流转。与此同时，埃斯特哈齐那波涛汹涌的诵读就如同狂风般的铜管乐，在同伴的高音之下低沉地咕哝或响亮地鸣叫。

最后，他们俩组成了完美的二重奏，在凌乱的桌子前一起摇摆着，而山姆和我则在策划其余的节目，分为

①安东尼奥·马查多（Antonio Machado，1875—1939），20世纪西班牙大诗人。

聊天采访、宣传和“文化”三部分。

我们的第一次短波广播被安排在午夜，理论上将面向美国东海岸的听众。它被打造成一次四面楚歌、走投无路、无惧无畏的呼救，而这其中有些描述的确是真的。

十一点左右，几个全副武装的民兵来接我们，他们要带领我们穿过街道去广播电台。那时我们已经喝了好几瓶葡萄酒，感觉自己排练好了，便大摇大摆地走出了昏暗的大厅。街上几乎空无一人——没有往来的车流，只能听到远处传来的一声喊叫、一串深夜的脚步，还有山风轻轻抚过百叶窗的声音。

山姆让我们紧跟着民兵，如果遇到盘问，不要轻举妄动。我们随着门帘下闪烁的油灯微光和屋檐上稀疏的星光向前走着。高海拔让马德里的夜晚格外寒冷。山姆一边颤抖一边咒骂；埃斯特哈齐自我安慰地鼓起脸颊吹泡泡；民兵们咳嗽了一声，吐了口痰；一条街上传来一声呼喊，随之是逃跑的脚步声；年轻的伊格纳西奥则抓住了我的手臂。

“我是个诗人，”我记得他这么说，“我不想待在这儿。我属于音乐和歌曲，而不是战争。”

我们离开了市中心，跌跌撞撞地拐进一条小街。这时，一个民兵绊了一下，于是咒骂起来。原来是一团轮廓模糊的包裹堆在了人行道上，包裹里传来了一位老人虚弱的叫声。民兵划亮了火柴。“老奶奶，你不能睡在这儿。睡在这里你会死的。”

我们敲响了附近的一扇门，一对夫妇浑身哆嗦着给我们开了门，他们点起蜡烛，让我们把老人抬进去。

那位妻子惊叫了一声，认出了老人，说她以前曾在广场上经营一个小卖部——那里曾是她的家，但最近被炸弹摧毁了。

“你知道吗，炸弹随时都会来。不管白天还是黑夜。在上帝面前，我们却没有谁是安全的。”她焦虑不安地抱怨着，抓着自己的喉部，无助地看了她丈夫一眼。

“如果她死在我们家门口，我们该多么惭愧啊！我们要如何面对这个世界？”

她丈夫叫她别犯傻，他说等到早上，他会取一辆手推车，把老妇人推到医院。他紧张地盯着我们，然后举起了手。“上帝保佑，”他说，“共和国万岁！”

时间已晚，我们匆匆向铁路桥下面的另一个关卡走去。那里警戒重重，但没有人知道通关口令，连我们的向导和山姆都不知道。眼前出现了光洁的牙齿、闪光的刺刀，耳边是步枪轻快扣上扳机的声音。突然，一个哨兵喊道："你不是罗西奥吗？"带领我们的一个士兵说："是我。"原来，他们是来自同一个村子的渔民，从小一起长大，但是从他们的对话来看，他们并不太喜欢对方。但他们还是让我们过去了，随着我们不断地被瓶瓶罐罐和石头绊倒，他们在一旁开心地嘲笑起来。

广播录音室位于一座维多利亚式公寓潮湿阴冷的地下室中。当我们跌跌撞撞地走下楼梯、跨过成堆的垃圾之时，这栋楼里老老少少的住户正发出翻身和打鼾的声音——大多数房间都被用作"士兵之家"了。

山姆带我们来到一个堆满电线和阀门的狭小房间，一个年轻的金发播音员正在用衬衫袖子擦汗，用日耳曼式英语读一篇战争公报。我们进门时，他向山姆眨眨眼，示意我们到桌旁，于是我们围着桌子坐在了一起。终于，在马德里这个狭小的、充满葡萄酒和雪茄气味的房间里，我们的广播开始了——它将越过寒冬的海洋，传到三千英里之外的地方。我想，谁会在听呢——困在驾驶室里的卡车司机，随意变换无线电波的年轻广播爱好者，搜寻晚间体育新闻的无聊酒吧老板或丈夫，还是纽约长岛豪宅里等待情人的寡妇？

我怀疑他们能不能听到，会不会去听，或者有没有在听。山姆接过麦克风，宣读了我们共同完成的宣言，最后列出了一些“林肯旅”的英雄姓名。作为广播的高潮，我们原本打算播放《国际歌》中的几小节，但我们弄混了唱片的商标，错放成了《溜冰圆舞曲》。但我有种感觉，根本没有人在听我们的广播，麦克风甚至都没有连到任何设备上，这一切都是为了抚慰众神的滑稽表演。

尽管如此，我们还是坚持了下来。埃斯特哈齐和伊格纳西奥轮流上阵，低沉地吟诵着他们准备的马查多诗歌。我不知道这样一首晦涩的西班牙语诗歌被翻译成蹩脚的英文，再由一位嗓音浑厚的奥地利人和一位年轻而紧张的马德里人齐声诵读出来，会对一群千里之外身份不明的观众产生怎样的影响，但我却怀疑这是否能吸引他们的注意，或是让他们心绪激荡。

不过这并不是说山姆和我负责的部分就更引人入胜。我们准备了一个采访，由山姆提问我关于穿越比利牛斯山来做志愿者的路线。那晚稍早的时候我们对此进行了排练，这个采访似乎非常简单且无可争议，但是一旦回到麦克风前，在更加随意的氛围下，山姆的形象就彻底崩塌了——他不再是那个温文尔雅的宣传家、学富五车的辩论家、面对间谍和叛徒残酷无情的审问者以及冷若冰霜的政治杀手——突然间，我对面的人变成了一个油腔滑调、虚情假意的马屁精，这样谄媚的山姆实在令人不安。

大约凌晨三点的时候，轰炸开始了，这种不真实的感觉也随之消失。我们最先听到一声遥远而刺耳的轰鸣，被冰冷的空气衬得清晰透亮。接着是一阵无声的沉默，有哀鸣声迅速逼近。然后是建筑爆炸引起的短暂骚动。奇怪的是，这些声音后来似乎又回到了来处，在寂静、呼喊和奔跑的脚步声中逐渐减弱，最终消失于远方的哭声中。

第一颗炮弹打碎了一些玻璃，震动了录音室的墙壁，晃倒了家具，落下一些灰尘。录音师示意我们继续，于是我们照做了，广播似乎也回到了正轨。我们开始用正常的声音交谈，问对方为什么会在这儿。山姆上尉的神情恢复了他原本的平静。他挺直了背，恢复了威严。每隔几分钟，炸弹就会在近处和远处不断落下。录音室的门开了，一群妇女走了进来，怀里抱着一个个或熟睡或抽泣的孩童。她们每个人的脸上都透着一种忍耐和饥饿造成的苍白，仿佛在潮湿灰暗的废墟中受尽折磨似的。她们满怀歉意地向我们鞠躬，犹豫了一会儿，然后在墙边围成一圈坐了下来。如果我们必须死去，就让我们死在有光的地方，在彼此身边，在这些讲着某种拉丁语、如牧师一般的人周围。

在这个被围困的城市，在这间狭小的地下室里，身边围绕着这些披着斗篷、逃难中的听众，伴着背景音中的脚步声、叹气声和喃喃低语，还有外面偶尔因爆炸产生的轰然巨响，我们继续交谈着，读着诗歌，传递着麦克风，旁边的妇女们害怕地睁大双眼盯着我们的嘴，好像我们在用外语、魔咒、巫术和祈祷对她们施魔法。

过了不知多久，德国播音员突然递给我一把破旧的小提琴和一把旧弓，那把弓好像散开的马鞭。一看到那把琴，大家都眼睛发亮，神色变得柔和起来，熟睡的孩子们也被掐醒。“音乐！……音乐！”低语传遍了整个房间。这时，我再一次看到了那种我曾在战前贫困的西班牙村庄里看到过的、透着平和的喜悦与期待的神情。

我没拉几首曲子，琴弦沾了油污也有磨损。但我还是草草拉了几首古老的西班牙舞曲，这是我上次来的时候学会的。我尽全力把琴拉得飞快，声音越大越好。我的情绪是如此强烈——严寒与炸药的气味、从头顶飞过的炸弹、戴着面纱的女人们边点头边鞠躬，还有这个我们在马德里一起度过的夜晚——它们都让我心绪激荡，难以忘怀。我演奏完毕之后，山姆上尉宣告说，刚才是一位英国志愿者为我们带来的小提琴独奏。但我们都知道事情远不止这样。地板上的女人们正用慈爱的目光凝视着我，仿佛在看邻居家刚学会走路的小孩。

轰炸大约在黎明时分停止了，不安的孩子们也已睡下。但他们的家人仍然围坐在一起，好像被锻造成了炉渣，黑乎乎，一动不动。我溜出门走到街上，跨过木头碎片和成堆的砖瓦。隔壁的那栋楼被炸出一个大洞，从洞里能看到外面暗淡的晨星。一枚炸弹似乎正好穿过楼下一间公寓，炸毁了里面所有的家具，只剩下几张地毯。房间里空空荡荡，只有一个喃喃自语的老妇人，她直挺挺地坐在房间中央，浑身僵硬。

我经过的时候遇到了担架员。他们抓住那个女人的手臂，但被她甩开了。她伸出灰白的细腿，嘴因为震惊而扭曲。她说，她的家人突然和家具一起消失了。她不停地重复着他们的名字，好像在做祈祷。“我丈夫、雅辛塔、普埃洛、雷蒙……”至少有十几个人。她说，他们就像是被一阵狂风吹走了。她将前来救她的人甩开，不愿动弹。

周围的街道都被废墟阻塞了。马车和货车正在清理街道。奇怪的是，到处都看不到火光，只有破坏后留下的废墟。几具盖在毯子下面的尸体沿着人行道排开。到处都有人一瘸一拐地走远。没有人叫喊，也没有人高声说话，人们散漫而淡然地交流着，仿佛只是和邻居一起又迎来了平凡的一天。

再次来到马德里所经历的冷漠与荒凉，与我上次来时的轻松氛围形成了鲜明的对比，这让我想去寻找一些上次到过的地方。

我来到了阴沉天色笼罩下的太阳门广场，我想起从前这里热闹的咖啡馆、有轨电车的铃声、卖彩票的小贩高声的呼喊、傲慢的女招待和她们篮子里那些刚洗净的蔬菜、洋洋得意的年轻男人们，还有街角那些大腹便便的警察。

但现在这里只有一片空虚与沉寂——咖啡馆关门了，几个女人在一家门窗紧闭的商店门前歪歪扭扭地排成一队。虽然我上次来的时候这里很穷，但镇上总是弥漫着一种节日的气氛，人们对生活中的小乐趣有一种挑衅般的热情，街角的小摊上摆着爆米花、角豆、葵花籽、便宜的香烟和装在小纸袋里的蜀羊泉。当然，现在什么也没有了，没有面包和油的味道，也没有曾经弥漫在市中心附近的小巷里那种烧焦的鱼的臭味——只有马、稻草、破裂的下水道的腐臭。

在此之前，我曾住在埃切加赖大街附近的一家旧旅馆里，我在那里租了一个房间，每晚六便士，由来自阿兰胡埃斯的年轻寡妇孔查帮忙打理。大山里来的马车夫和他们的马一起睡在马厩里，房东还在地窖里养了一头奶牛。

但我发现这里变了模样。那些二十英尺高的大门，在过去的五百多年里，一直绕着它们精巧的、树一样粗壮的铰链不停转动。但现在，经受了几代人的战争与灾祸之后，这扇门已被拆下来当作燃料烧了。旅馆里那个铺着鹅卵石的院子曾经挤满了骡子和马车，现在却散落着卡车的残骸。那些身上沾满干草和尘土、慢吞吞的车夫，已经被满面油光的修理工和卡车司机所取代。才过了两年多，这个塞万提斯笔下几乎没什么变化的旅馆已经成为一个军用车辆维修站。在一个角落里，他们甚至重新组装了一辆缴获得来的意大利坦克，一群油光满面的小伙子热情地簇拥在周围。

我出发去找我的老房东和他的妻子，发现他们正瑟瑟发抖地待在厨房里，试图在一个焖烧的火盆上烧水，火盆里燃着沾满油污的破布。他们站起身来拥抱我，一边咳嗽一边流泪，天上的圣徒都能看到他们的惊讶与喜悦。浓重的烟雾让我们只能互相摸索着感受对方。十八个月的时间，让我这个曾在夏天到访的年轻而陌生的过客，变成了一个回家的孩子，一个唤起了他们记忆中的宁静与安详的人。他们喋喋不休地表达着对我近乎偏执的关心，不停询问着我的健康状况。我的四肢都健全吗？我有一双好靴子吗？我有什么想抱怨的吗？我想吃点什么吗？

我坚持说我不饿，却由着房东带我穿过马路，去到对面的一个地下酒馆，那里曾经是一个热闹的妓院，但现在已经停业，只有几个邻居和士兵会光顾。过去的两年使旅馆老板变了许多，不是因为年龄的增长，而是因为他遭遇的事情。他不再是我认识的那个高大的男人，对他来说欺负车夫曾是家常便饭，还有一次我在院子里拉小提琴，就因为有人来打断，他用白兰地酒瓶敲碎了一个时钟。现在的他瘦了，背也驼了，拖着脚步颤颤巍巍地走着，他那双迷人的黑眼睛有一只半闭着，已经看不见了。

在酒馆里，他带我跟他的几个朋友坐在一起，那几位老人都穿着黑色的天鹅绒西装。

“这是洛伦佐，”他说，“小提琴家，我的好朋友。是个英国人或法国人——不过这不重要。”老人们听到他的话既不惊讶，也没有表现出特殊的兴趣；但其中一位给我倒了些葡萄酒，看上去就像飞虫的血一样稀薄。

几个民兵走进来坐下，把步枪横放在他们的膝盖上。其中一个在咒骂着什么，另一个则试图让他安静下来。老人们默默地注视着他们，目光雪亮。

那几个民兵都是西班牙人，和我差不多大，脸颊消瘦，神色紧张。

“如果我再在窗户里看到有什么亮光，我就给它一枪。”他们中年纪较小的一个说。

“但是有孩子在那边——你听到了。”

年轻的那个一跃而起。

“没错，但昨晚也有孩子被炸死了。”

这样的事情在之前也发生过，如果夜间轰炸十分密集且精准——就会有“佛朗哥的特工”在屋顶上或天窗边打亮手电筒，等到轰炸最密集的时候，他会朝街上扔几个手榴弹，以此迷惑消防车和救护队。

经过两个冬天的围攻，这里的战争仍在如火如荼地进行着。即使是在这个简陋而空荡的小酒馆里，大家一边说话，一边转着眼睛留意四周的情况，但仍不是所有人都能完全确定坐在他旁边的那个人是谁。

“不管怎样，我们已经抓住了其中一个，”年纪较小的民兵恶狠狠地说，“他当时正举着一盏车灯在屋瓦上跑。”

“他可能是想逃命。”有人说道。

“你们逮捕他了吗？”

“该死，没有。我们只是把他从屋顶上扔下来了。他已经完蛋了，尸体就在外面的一个担架上。”

有人拉开了百叶窗，寒冷灰暗的街道映入眼帘。一个男孩坐在一辆手推车的横梁上抽烟。在高大的木轮之间，一具皱巴巴的尸体躺在麻袋上。那是一位消瘦的老人。他衣冠楚楚，满头白发的脑袋从后挡板上垂下来，但看上去依然神气。

“认识他吗？”一个民兵问道。

“是的，”有人说，“你扔错了人。这是卡德纳斯博士。他有两个儿子在空军服役……”

两名民兵离开了。但没有尴尬的沉默，谈话也没有突然转变主题。先是有人称赞了共和国的英雄飞行员——对阵德国“秃鹰军团”的年轻战斗机飞行员。接着，那些来自马德里的老人们在严寒中聚在光秃秃的桌子旁，以一种混杂着临终回忆、震惊和抚慰幸存者的语调，开始谈论起这座城市上空的空战——黑色的“容克”“秃鹰”以及其他凶狠的德国战机，还有在被围攻的第一个冬天里曾持续整夜的袭击。“以前从来没有过这样的声音，就好像魔鬼用手在天空中撕开了一个洞。当时我正在过马路，一座房子就在我面前倒塌，仿佛一个人丢下了一件积满灰尘的斗篷。紧接着，一阵炙热的疾风吹来，我被吹到空中，然后掉进一个喷泉里。”“住在市场那边的索尔特罗，他的房子被炸成了两半。他醒来之后发现身子底下一半的床和妻子一起消失了。”之后又出现了燃烧弹，被特意计算好了，径直坠落在老城区和穷人身上。纳粹德国空军是毫无人性的。

佛朗哥曾说过，他宁肯将马德里从地球上抹去，也不愿让它留在“马克思主义者手中”。所以他把它交给了德国空军，而后者则对大规模轰炸会对一个欧洲的主要城市产生怎样的影响而颇感兴趣。成千上万的居民在轰炸中截肢、骨折、瘫痪，甚至化为灰烬；幸存者被大火从一个地区逼到另一个地区，被迫露宿在大街上、地窖里或田野间。但是，那些轰炸对遇难者的影响——正如后来在其他城市被一次次验证的那样——从来都不是击败一个民族的主要原因。

时间已近中午，很快我就得离开酒馆，去向山姆上尉汇报。突然，临街的那扇门被打开了，一个驼背的身影爬了进来，他身材高大，一瘸一拐，一条腿已经萎缩。他用头顶开了门，然后匍匐在地上快速地挪动，双手和膝盖上都绑着汽车轮胎。我记起他之前的样子——面容精致、轮廓古典，还有拳击手那样宽阔的肩膀和粗壮的手臂。“啊，洛伦佐！”他用他那低沉的声音吼道，好像昨天才见过我似的。

他一直有种玩世不恭的风趣和幽默。此刻，他听着老人们讲空战的故事，也贡献了自己的一些经历——比如，他能活到今天，完全是得益于他的逃跑天赋，能比其他人更快地爬进下水道里。他问我们，各位尊敬的同志是否还记得，有一架法西斯飞机在城市上空低空飞行，然后投掷了四个分别绑在降落伞上的小箱子？是木箱，不是炸弹。箱子上还系着丝带。人们大概以为这是礼物。但当大家打开这些箱子，才发现里面装着一个年轻的共和军飞行员的尸体，已被精心切成了四块。啊，是的——太残忍了。但是也曾有过一瞬间真诚的善意，那瘸子补充说道。后来有一天下午，另一架轰炸机在城市上空飞过时，抛下了一根肥美的塞拉诺火腿。那时正值圣诞节前夕，人们已经很多年没有见过火腿了。那根火腿落在一个男人身上，撞断了他的手臂。

我跟着房东回到他那烟雾缭绕的厨房，我们互相拥抱对方，他的妻子给了我几双袜子。离开之前，我溜到楼上去看我的旧房间，却发现门被钉死了。当我下楼的时候，有人喊了我的名字。孔查那曾经通红的面颊已变得平静，眼睛却比以前更深邃，但也不再那么自信。我第一次来的时候是她为我领的路，现在我长大了，也更强壮了。“是你。”她迟疑地说着，犹豫地站在暗处。然后她伸出颤抖的手，轻轻碰了碰我的嘴唇。

第八章　特鲁埃尔的冰冻梯田

山姆没有跟我们一起从马德里回来，他因为其他的事情留在了首都。我们发现塔拉索纳城几乎空了一半，军营里空空荡荡，大多数人都去了特鲁埃尔前线。自从我们离开之后，圣诞节那场胜利带来的激动与兴奋已经不再。我们怎么可能不明白发生了什么呢？在塔拉索纳，他们心里清楚得不能再清楚了……

佛朗哥已经占领特鲁埃尔三年了，那是一条向海岸延伸的难于防守的战线，而当共和军在圣诞节重新占领特鲁埃尔的时候，人们原以为命运终于改变了，撤退的日子结束了。

然而，厄运才刚刚开始。起初，特鲁埃尔只由西班牙军队驻守，并没有请求国际纵队支援。后来佛朗哥开始了他的反攻，他的炮火是如此密集，据说把山顶都削了下来，彻底改变了地形。在秃鹰军团和两名乘坐十二节车厢火车的将军的保护下，卡斯提尔和加利西亚军团开始步步逼近，共和军不得不放弃了他们刚到手的战利品。

随着天气的恶化，国际纵队终于投入了战局。指挥英军的弗雷德·科普曼病倒了，比尔·亚历山大接替了他。“艾德礼少校”连队迎来了它的洗礼，第一天就有十三人阵亡。渐渐地，共和军撤退到城外，而这场战争也因一场持续了四天的暴风雪而停止，这是几十年来最严重的一次暴风雪，战士们和他们的武器一起被冻僵了。

这就是我们从马德里回来之后所了解到的情况。整个城镇笼罩在一片悲惨的寒意中。我以前暂住的小教堂现在变成了医院，所以我回到了广场旁边的那栋小房子，那里曾经是总披着一件黑色外套的卡塞尔和他的手下居住的地方，但他们似乎都已经离开了。现在这里住着一对来自卡塔赫纳的神秘兄弟，他们过着严格的苦行僧生活，很少说话。他们拆掉了房子里的装饰品、海报和地图，只留下光秃秃的墙壁，墙上用巨大的红色字母写着“维多利亚！”。

据说他们都曾当过牧师，看起来确实足够固执，他们还对佛朗哥将军和他说的话有一种狂热而激烈的仇恨——而且同样也不怎么喜欢我们。

他们是当权人士，是塔拉索纳的一股新势力，我觉得他们接管这个曾由卡塞尔、政委、英军连队长官和指导员掌管的、微不足道的总部，很可能标志着，国际纵队从某种程度上来讲已经开始分裂。因为他们并非国际主义者或政客，而仅仅是西班牙爱国者。他们似乎希望人们理解这一点。

兄弟俩都很年轻，大概三十出头，他们有着忧郁的尖下巴和宗教刺客般的眼睛。他们也是苦修者，不盖任何东西就睡在地板上，有时还会赤脚在雪地里行走。

在我回来之后不久的一天早晨，他们把我和一位名叫塞拉诺的葡萄牙小伙一起叫到他们的里屋，说要把我们送到特鲁埃尔去。我记得他们在“办公室”面试了我们——兄弟俩披着毯子，就像披着苦修者穿的粗毛衬衫，他们都蹲在地板上，却让我们站着。他们用淫荡而轻蔑的目光打量着年轻英俊的塞拉诺，看我的时候却仿佛在看一桶能把这里点着了的燃料。

“葡萄牙人和英国人，”其中一个对另一个说，“比法国人还糟，一点骨气也没有。”

第二天天一亮我们就离开了。我们得到的命令简短且含糊，我猜兄弟俩只是想让我们离开这里。我们在恶劣的天气中坐着一辆卡车驶出塔拉索纳，车轮上粗壮的锁链嘎吱作响。山坡上低矮的橄榄树在凛冽的寒风中摇晃，好像一捆捆带刺的黑铁丝。塞拉诺患了重感冒，他非常痛苦，看起来也不那么漂亮了。我们有一天的口粮，但这次行程大概需要两天时间。我们只能背靠着一卷油布挤在一起。

我们是卡车上唯一的乘客，剩下的似乎都是货物。他们告诉我说，我带着的都是弹药，但从我们的颠簸状况来看，那些东西似乎太轻了一些。油布下面只有驴挽具，就是那种在安达卢西亚会带的鲜艳的、缀着流苏的玩意。我们为什么要把这些东西运到前线去呢？我不禁怀疑。

大约中午的时候我们到了山上，但雪下得很大，所以我们把车停在了桥下。司机从驾驶室里爬了出来，跌跌撞撞地绕到我们这里来，后面还跟着一个矮小的、蒙着脸的身影。他们气喘吁吁地爬上卡车车厢，司机要了一支香烟。从雪地明亮刺眼的反光中，我们看到了一张通红的醉醺醺的脸，胡子拉碴，身材壮硕，一双短腿弯曲着。他那蜷缩着的同伴只露出一双深邃的丹凤眼，透过厚厚的围巾向外张望。

司机说了几句粗俗的、带点俄罗斯口音的西班牙语——这是我几个星期以来第一次听到。他的小伙伴朝他爬过去，我们听到一个女孩的声音在小声地回应，赞同着、安抚着、哄骗着他。他把手伸进口袋，掏出一个沙丁鱼罐头，慢慢打开，舀出一条碎了的小鱼，晃了晃，举到女孩面前。女孩把围巾从脸上拿开，像鸟儿一样张开嘴，他便把那块油乎乎的鱼肉放进她嘴里。女孩喉咙只微微动了一下，似乎一口便吞下了，然后又张开嘴要更多。于是他耐心地喂着女孩，直到罐子彻底空了，最后用袖子帮她擦了擦嘴。

他说他是在山里发现这个女孩的，她当时就像鹳巢一样瘦骨嶙峋。他正在努力喂饱女孩，让她抱起来舒服一些。他说女孩除了吃就是睡。她睡觉的时候，就换他吃东西。

他们俩在一起有一种恐怖戏剧的感觉，身材差异巨大，一点都不协调，他就像一头公牛，一个高大黝黑的牛头怪，而女孩尽管裹着围巾，却像个洋娃娃。摘下围巾之后，她露出的面容苍白而美丽，我觉得不会超过十四岁。这个司机果真像他表现出来的那样，是一位爱护女儿的父亲吗？这个女孩又如她看起来的那般天真吗？

塞拉诺突然一阵咳嗽，醒了过来，他滚下油布，问我们现在在哪里。我给他讲了这场雪、这座桥、俄罗斯司机和那个女孩，但他只是一直摇头呻吟着。司机又打开了一罐沙丁鱼，他把女孩推到一个角落里，让我们跟他一起吃。他身上似乎装满了食物，甚至还有面包，大衣的口袋里发出叮呤咣啷的声音。塞拉诺问他为什么我们带的是驴挽具而不是枪，司机笑了，问我们难道想被炸死吗？

那个女孩沉默地久久凝视着塞拉诺，她正要说点什么，俄国司机就把她拉回了驾驶室，驾驶着卡车回到路上，开始慢慢往山上爬。雪现在已经小了一点，变成了薄薄的雪片，在一阵阵狂风中乱舞，就像有人把一扇巨大的门打开又合上一般。穿过岩石和树桩，我们沿路经过了一排破旧的卡车和货车。男人们正裹着毯子蜷缩在车厢里，或是挤在摇曳的篝火旁。似乎没有任何开往前线方向的车辆，它们好像都是从那里离开的，朝着我们的方向开过来——有几辆卡车，还有一排骡子；偶尔也有零散的几个人，或是一辆老旧的高顶救护车。

我们默不作声地开着车，对一切茫然无知，既不清楚我们看到的是什么，也没有得到任何确切的指令。塞拉诺的头在两肩之间越垂越低，身子沉入两膝之间。就连在前面大喊大叫的俄国司机也突然变得沉默了。随着夜幕降临，暴风雪渐渐平息，射击的火光仿佛夏日的闪电，开始沿着我们面前的山脊闪动。

路况现在已经很糟糕了，到处都是石头、地洞和被撞坏的车辆。我们在一个废弃的谷仓前停了下来，躲进一个看起来像是采石场的地方过夜。那个俄国人把他的小女孩放在角落里，帮我们生火，然后又递给我们几罐沙丁鱼。健壮又邋遢的他现在成了我们的头儿，保护着我们，还为我们提供食物，我们不禁怀疑如果没有他我们该怎么办。他跪在地上笨拙地挪动着，把面包塞到我们手里，然后一瘸一拐地去喂那个女孩，他那大块头的身体忙这忙那，活像是一头可爱而不安分的熊挤进了这个谷仓。

在篝火和食物的帮助下，塞拉诺渐渐好了起来，他的鬈发闪着光，眼睛也亮了起来。女孩默默地注视着他，先是摘下围巾露出了脸，随后又悄悄地露出了肩膀，扭动着身子一寸寸向他靠近。尽管天气很冷，她的脸上却现出心醉神迷之情，但我想那男孩根本没有注意到。然而司机却看到了：他用熊爪一样的手拍了一下女孩的耳朵，将呜咽的她推回墙边。然后司机过来蹲在篝火旁，给我们讲了他的人生故事——作为一个俄国人，还真是阴冷而漫长。

每隔一段时间，我们就能听到远处传来的枪炮轰鸣声，那声音穿透冰霜，显得格外尖锐。特鲁埃尔就在不远处，前线的交锋仍在继续，但我们已经筋疲力尽，顾不上这些了。在司机讲述他传奇故事的嗡嗡声中，塞拉诺和我睡着了。但我们睡得很不平静，断断续续。炮火声离得越来越近。我再醒来时，眼前快要熄灭的篝火正发出苍白的微光。塞拉诺蜷着身体躺在那儿，像一只做梦的狗一样抽动着，嘴里发出微弱的叫声；俄国人四肢摊开仰面躺在角落里，发出响亮的鼾声；那个女孩趴在他胸前，像是一张小毯子。

那是我记忆中最冷的一个夜晚。我躺在那儿，双手塞进大腿间取暖，紧咬的牙齿不住打颤，冻得连大衣也发出窸窸窣窣的声音。一阵濒死的麻木席卷了我的脚趾和手指尖，鼻孔则好像针扎一样刺痛。最后我站了起来，跺着脚转圈。狂风裹着雪花从屋顶的破洞中刮了进来。角落里，俄国人仍在毫无知觉地打着鼾，而那个趴在他肚子上的女孩却抽泣起来。

天亮之前，炮火声停止了，我叫醒了塞拉诺——他睡着的姿势简直像是死了一样，张着嘴巴，仿佛被毒死的啮齿动物。我重新点燃了篝火，煮了一些雪，把仅剩的一点面包皮泡在里面。突然，借着熊熊火光，我们发现那个俄国人躺过的角落眼下空无一人。接着，我们听到外面传来拉动手柄的嗡嗡声，一声尖叫，引擎发动，然后卡车开走了。

我们被抛弃了。那个司机甚至没有说一句再见，连一罐沙丁鱼也没有给我们留下。我们只能靠自己了——无论能不能行——没有方向，没有指令，没有食物。我就这么被困在西班牙的大山里，目的不明，旁边还有一个我一无所知的葡萄牙英俊男孩，我到底在干什么啊？

天大亮之后，我留下蜷缩在篝火旁的塞拉诺，向屋外走去。我第一次见到了特鲁埃尔，它就在距离我们五英里的地方，比这里地势略高。那是一座闪闪发光的冰雪之城，大教堂、城堡、炮塔还有堡垒，全都洒满了银闪闪的微光；那也是一座寂静之城，我看不出它的大小，它可能是一幅同真人一样大小的壁画，也可能是为某个中世纪红衣主教或教皇精细雕刻而成的象牙制品。这完美的遗迹伫立在一片耀眼的沉静中，庄重又冷酷，仿佛烈士的坟墓。然而我已经知道，在过去的几天里，城中的人民被围困在此，互相残杀。

它如今的寂静，可能只是夜晚的暴行与轰炸过后筋疲力尽的沉默。它的沉睡，也并非用以平静和休养的睡眠，而是为更多的愤怒积蓄力量。因此，在这短暂的停战时刻，特鲁埃尔努力让自己安静下来，沐浴在珍珠母色的晨光中。除了袅袅轻烟在天空中缭绕，一切都静止了。

当我背对着谷仓而站，一边朝手指哈气一边眺望城镇时，我看见远处有三个人影正在靠近，他们弯着腰，踉踉跄跄地向前冲。这三个人又矮又胖，身上披着的毯子在风中飘动，分散开包围了这个地方。眼看着他们越跑越近，像野兔和山鸡一样上蹿下跳，我甚至怀疑他们仨是不是以为没人看得见。我溜回谷仓叫醒了塞拉诺，然后我们便透过墙洞观察着他们。我们篝火中冒出的烟一定已经引起了他们的注意，但他们似乎并不急于跟我们面对面肉搏。我听到有个人叫其他人把头低下，说他很快就会“把那些家伙赶出来”，他轻快的声音中带着南威尔士的口音。这时，他举起一个手榴弹，准备用牙咬开。

我跳出谷仓，举起空着的双手对他喊话，让他别费工夫了。“过来吧，”我说，“我们是从塔拉索纳来的。”片刻沉默之后，他们都直起身，朝我们走过来。那个威尔士人走在前面，拖着一只用麻布包着的巨大的脚。“该死的混蛋，”他说着，用他的火枪捅了捅那个肿块，“所以这里发生了什么，伙计们？”

那三个人围着我站了一圈，他们矮胖而笨拙，裹着羊毛围巾，看不出年纪。我想他们这问题实在问得好，我也很想知道发生了什么。我带着他们进来，走到快要熄灭的火堆旁。他们围成一圈蹲下，冷得直发抖，一边喘着气，一边吹着灰烬。他们潮湿的巴拉克拉瓦盔式帽下只露出一双眼睛，目光四处扫视，好像篮子里流窜的老鼠。

“那是谁？”威尔士人问道，朝塞拉诺的方向点了点头，塞拉诺正蹲在地上不停晃动，一边抽泣，一边打喷嚏。我试图解释他是谁，却发现我也不了解他。

威尔士人猜到了我在想什么，他转向塞拉诺，用标准的西班牙语跟他说话。但他没有得到答案，只有叹息和呻吟。“我估计，会有人付钱让我们把他解决了。”威尔士人说道。

他的同伴们站起来，想用步枪把男孩翻过来。塞拉诺就像洋娃娃一样软绵绵的，毫无招架之力。威尔士人啐了一声。

“我们巡逻了一整夜，”他咆哮道，“就只抓到两个从塔拉索纳来的骚货。喂，没有冒犯你的意思——可是看看他吧。”

恐惧仿佛使塞拉诺的鬈发散发出耀眼的光芒，他脆弱的手指紧紧抓住其中一个士兵的靴子。

“总比没有好。”那士兵说着，拉起步枪的枪栓。他有种挑逗的利物浦腔调。

就在这时，一声巨响传来，仿佛一双巨掌拍起手来——轰炸又开始了。

“好了，来吧孩子们，”威尔士人说道，看起来几乎兴高采烈，“最好是把你们都带回根据地去。”

于是我们从谷仓里跑出来，低低地弯着腰，跟着那个一瘸一拐、大喊大叫的威尔士人。轰炸越来越近，地面像被抽打一样摇晃起来，空气在尖叫、在撕扯，我们全都以脸朝下的姿势摔倒在地上。

在轰炸中，身体的感觉主宰了意识；它变得僵硬，又似乎融化了，嘴里冒出口水，却又感到干渴，所有的感觉都一起涌上后脖颈。谷仓消失在纷扬的黏土和碎片中，我试图把自己藏在这些被泥浆覆盖的岩石中间。

当一枚炮弹击中地面并在附近爆炸时，雪就像肮脏的幽灵一样升到空中，在那里剧烈地翻腾一阵，然后又落回地上。我逐渐被这些幽灵包围，它们飞升、盘旋，然后坠落，在冷风的渲染和撕裂下显得格外残酷，让我意识到，在轰炸中，人是没有任何勇气可言的。

后来我才知道，这场密集的炮轰标志着特鲁埃尔战役的结束。在意大利坦克和飞机的帮助下，佛朗哥的军队正在对要塞城市进行反击。而无可避免地，共和军与国际纵队开始撤退，他们依靠开阔的高地和城墙周围的小沟渠暂时勉力支撑，之后他们将向南部和大海方向撤退。对于共和军来说，圣诞节时那份来自特鲁埃尔的礼物变成了一个有毒的玩具。它本应是一场扭转战局的胜利，最后却成为共和军被击败的标志。

大半个上午我都被迫藏在那里，威尔士人的那双大脚始终在我的视线中。大约中午的时候，我听见他喊道："快点，跟我来！"然后看到他的脚像雪球一样弹跳起来。

周遭的景象将失败后的惨状显露无遗，善良与希望已不复存在。崭新的西班牙是一片"贫瘠的土地"，而它的命运则是在特鲁埃尔冰冻的梯田中被决定的。随着沟渠越来越宽，在威尔士人的带领下，我们爬过了更多的卡车和残骸。三个士兵靠墙躺着，他们的身体被风吹得半裸，呈现青黑色。他们的眼睛睁得老大，呆滞如冰。他们非常有可能是被冻死的。

最后，威尔士人把我们带进了一个地堡，它藏于石头和冰雪之下，被一块锡皮半掩着——我觉得他自己也不知道这里是什么地方。这儿有一只狗，一口煮锅，还有几个瑟瑟发抖的人，正在从一个生锈的罐头里掏东西吃。他们脸色灰白，衣衫褴褛，吃东西的时候，头就像动物一样快速地上下转动，左顾右盼，好像正在被追捕一样。他们都是西班牙人，那个威尔士人从他们身边匆匆走过时一句话都没说，同塞拉诺一起下山去了。

这些西班牙人问我是谁。英国人，我说。那我为什么大老远现在才跑来？一切都已经晚了。他们是西班牙军队。他们并不需要外国人的帮助。又或者他们需要的是全世界的帮助。

但他们让我和他们待在一起。“反正你所有的同伴都走了。”他们给了我一把旧的温彻斯特步枪和几弹夹的子弹。“至少你可以开枪自杀。”

我跟这些西班牙人一起在地堡冰冷的地下室里待了几天。我从未见过什么人像他们这样绝望、精神萎靡。除了每天早上一桶食物出现的时候，他们一直保持着胎儿般的姿势蜷缩着，几乎一动不动。他们没有野战电话，这地方似乎也没有什么特别用处；而他们的头儿—— 一位曾经的校长，从塔拉韦拉而来——说他不知道他手下这些人该做些什么。

他们叫他“吉多爸爸”，声音里充满了苦涩。他的眼睛因为恐惧和疲惫而呈紫红色，他在手边不知是哪里的地方放了一顶缀着流苏的帽子，不时便拿出来在头上拍打几下，每到这时，每个人便都严肃地向他敬礼。在他们这种几乎无言的、死气沉沉的氛围中，有时甚至流露出一种黑色幽默。

吉多说，他们已经遭受了十天的轰炸，并两次被击溃，尽管似乎并没有人注意到他们藏在地堡下面。但他们中有一个人，一次被一个奔跑的摩尔人意外刺伤，那人之后又折回来杀他。受伤的男人已到中年，他身材丰满，意识昏迷，不时说着胡话。有时候，他会用一种微弱而恍惚的声音唱歌，或是呆滞地躺在那儿，身上盖着死人的衣服。他的伤口已经不再流血，但似乎也看不到什么希望了。他们一直尝试着把他转移到别处，但没有人来帮忙。

短暂的平静之后，一天晚上，一团幽灵般的大雾出现在我们四周，这是一团浓重的蒸汽，一半来自我们的呼吸，另一半来自周围山坡上的雪。它带来了比以往更致命的严寒。在这种情况下，吉多似乎从麻木中醒了过来。他一腔怒火，开始结结巴巴地正式对手下的这帮人训话、发号施令，并把大家分成几个班次轮流守夜。

我们能看到城市左侧最远处闪动的光线，能听到清晰而遥远的喊声。“他们回来了。”吉多说着，用手指碰了碰下嘴唇，试图止住自己的口吃。果然，第二天早上，他们来了。

天亮之前，一长串炮火飞过我们头顶，接着就是坦克的咔嗒咔嗒声、尖利的鸣枪声，以及意大利飞机从空中降落的轰鸣声。我们很快被击退了——我们的机关枪爆炸了，我们撤回了沟里，跌跌撞撞地倒在冰上。一开始，我的脑海中浮现出一张敌人的动态特写图——矮小而气喘吁吁的男人们、面红耳赤的男孩们、疯狂吐吐沫的摩尔人。但突然间，一场混乱的对峙发生了，那是一场令人窒息的肉搏战。大家笨拙地互相推搡，用拳头狠狠击打对方，咕哝着，咒骂着，因为一瞬间的软弱或一步之差跌倒而死。然后我们冲了出去，每个人都朝着不同的方向拼命向前跑，试图成为自己生存的中心。

我朝着第一天晚上过夜的旧谷仓跑去。我在那里躺下，感到又恶心又无力。我杀了一个人，而我还记得他那双震惊而愤怒的眼睛。现在我什么都没法对他说了。坦克隆隆驶过，哭声逐渐平息。我开始产生幻觉，大脑出现断片。我就那样躺着，不知道过了多久，也不知道我在哪里。有一些我们的人找到了我，但我不知道他们是谁，他们把失语的我开车送回了塔拉索纳。

我在一片慌乱中夺去了一位陌生年轻人的生命，而这对战事的胜败毫无影响——难道这就是我来这里的目的，就是我整趟旅行的意义所在吗？

第九章　回家的路

白色的日光就像痛苦一般；我能看到它，也能感受到它——它寂静无声，仿佛一块柔软的布，覆上我的脸。我坐在小教堂的台阶上，有些看不清，又有些沉醉，融化的冰滴落在我的脚上。战争的响声持续了好几天，已经铭刻在我的内心深处，似乎只要按下按钮就会再次响起。坐在我旁边的人穿着一件皱皱巴巴的白色外套。他看起来就像个医生，或者屠夫。

“同志，我们准备把你送回伦敦。”他说。

他是一个矮胖的、留着法式胡子的年轻人，是塔拉索纳的政治委员。

我说我不想走。

“你在那儿会对我们更有用。毕竟，你在这里对我们没多大用处。你可以写关于我们的文章，做演讲，画海报——或者其他什么……”他对我露出他那屠夫般的温柔笑容，拍了拍我的胳膊，然后站起来，拿着他的白大褂离开了。

在塔拉索纳，我没有谁可以告别——他们全都走了、死了、被抛弃了，或者被大雪卷走了。我收拾好我的毯子和帆布包，坐上卡车前往阿尔瓦塞特。现在，那里的士兵大多是西班牙人，正穿着沾泥的雨披忙来忙去。空气中有一种潮湿的难闻气味，那是即将到来的春天的气息，但这个春天既不温暖，也没有盼头。

我把行李扔在兵营中，转道去了小酒馆，之前我们曾在那里大吃糖果和压碎的橡子。但如今已经没有橡子了，象征胜利的海报也被像皮一样从墙上剥落。与此相反，政治口号与标语却越发泛滥，贴得层层叠叠。

年轻的西班牙士兵蹲在地上，不再像往常那样满嘴脏话；正相反，现在他们差不多跟牧师似的，说的话也很言简意赅，用上了抽象的、礼节性的短语。

“他们在数量上超过我们。我们被背叛了，被惩罚了。上帝冰冻了我们。”

“上帝什么？”

“他用强劲的呼吸冰冻了我们。”

这场讨论仍然是关于特鲁埃尔的；圣杯被不可原谅地、难以想象地突然抢走了，如同从光明突然坠入黑暗。

我离开了酒馆，在桥底下发现了两个人，其中一个正在帮另一个包扎膝盖。第一个人和我差不多大，下巴上留着一撮柏油刷一样的胡子；另一个则比较年轻，没胡子。

“我哥哥，”年轻的那位一边向他哥哥的方向点头示意，一边轻轻地在绷带上打结，“他老跟着我……我甩不掉他。”

“我没有跟着你。我是跟着大部队走的。”

“那你是怎么找到我的？”

“我像老鼠那样嗅到了你。”

“明明是一位身材丰满的修女发现我的！”

他沾满烂泥的裤子被从接缝处拆开，一道伤口从膝盖延伸至腹股沟。他弟弟已经轻轻地为他包扎了一半，现在在用罐子里的水给他清洗膝盖。伤口的边缘呈绿色，那人正微微出汗。

“没有一个像样的护士会接近你的，波尔科，”那个年轻人说着，扶着他坐了起来，“我把你弄到了这里，我还得带你回家。所以尽量别烦我。”

他慢慢地、小心翼翼地把他哥哥搀到旁边的一辆小手推车上，然后推着他穿过正在融化的雪地。

让我回到英国并不是件容易的事。既然我是以非法入境的方式而来，那就必须以同样的方式回去。但总的来说——我必须走。我向情报官——山姆上尉，做了汇报，就在他那位于主街道旁的小办公室里。但自从我们上次见面之后，他一定经历了什么事儿，他看起来更昏昏欲睡，更圆滚滚，也更闪烁其词。他穿着德式飞行夹克坐在那里，并没有看我，而是在吃一碟橄榄。我不禁怀疑，这个冬天到底发生了什么，竟把那个敏捷而灵巧的杀手变成了眼前这个笨重而心不在焉的大块头。

“你要做的，”他说，“就是去巴塞罗那，然后穿过边境——之后就随便你了。”

他似乎都被自己的话逗乐了，伸手拉开了一个抽屉。

“他们让我给你这个。”

他递给我一个信封，里面装着我的护照和五张散发着浓郁香奈儿香水味的英镑钞票。信封上还有女孩写着“红色救济会”的流云般的潦草字迹。我本希望那些钞票的气味没有这么浓，女孩的信也不要再出现在眼前，但我还是把它们塞进了衬衫里。

“你知道的，洛伦佐，”山姆望着窗外说，“我经常怀疑你，怀疑你到底在玩什么把戏，你来这儿都做了什么？他们说你连该从哪边上车都不知道。”

他从一本册子上撕下一张表格，在上面盖章签字，然后他一脸严肃地递给我。

“你的安全通行证，”他说，“不过这对你没多大用处。因为严格意义上说，你并没有来过这里。”

通往巴塞罗那的铁路不久前又被炸毁了，所以我加入了一个卡车车队。我们在一个夜晚出发，大家紧紧靠在一起，密切注视着彼此的车尾灯。那是一个漫长而寒冷的夜晚，我们坐在一袋袋湿透的稻草上，途中每转弯一次，我们就来回滑动一次。乘客大多是军人（或者曾经是军人，就像我一样）。其中还有一个中年政客，手里抓着一只鳄鱼皮的公文包，蜷缩在角落里，不停低声地对拉尔戈·卡瓦列罗[1]发表尖刻的指责。至于我，我只希望有什么方法能终结这一切—— 一枚尖啸而来的炸弹，或是幸运地穿越欧洲逃走，然后回到她的床上休息。

我们的车飞快而颠簸地开了一夜，车尾板和挡泥板咔嗒作响，在布满岩石的高原上飞驰而过，大部分时间都没有一丝光亮。那个惊恐的政客小声抱怨着，司机大吼着，汽油燃烧的味道从地板上冒了出来。我们时不时地停车，停在一片寂静村庄的蓝色光线下，停在岗哨昏暗的火把下，又或是为了买冰镇葡萄酒而停在酒吧边。妇女和姑娘们请求带她们去城里，司机说着善意的脏话，一家人围坐在马厩破烂拱门下的篝火旁，跑过去祈求把他们捎去其他村子；哀叹声，歇斯底里的尖叫声，大笑声，哭喊声——每个人都想到别的地方去。

那天晚上，我们开了大约十二个小时的车，时而在关卡加油，终于在灰蒙蒙的黎明时分到达巴塞罗那郊外。在西班牙中部的中世纪城镇和村庄之外，巴塞罗那

①弗朗西斯科·拉尔戈·卡瓦列罗（Francisco Largo Caballero，1869 —1946），西班牙工人社会党领袖之一，1936 年和 1937 年，在西班牙内战期间担任第二西班牙共和国总理。

展现了一个陌生的工业化的欧洲，有着狭长低矮的郊区和破旧的混凝土工厂——这就像是一种语言，比卡斯提尔那种原始的天真更加愤世嫉俗、秘而不宣、无精打采的语言。

狭窄的街道像账簿上一行行的记录一样贪婪地交错在一起，最终指向漆着斑马线的宽阔林荫大道。与花花公子般花哨而奢靡的马德里相比，巴塞罗那就像个聪明而富有的叔叔，冷漠疏离，几乎不像是西班牙人。而现在，它所有的精明算计都似乎变得模糊、污渍斑斑甚至消失不见了。在银行和办公室对面，战争开始时象征对抗和挑战的旗帜垂了下来，缄默无言、渐渐褪色，就像街上灰色的人影一样。

我要找的人是杰米，他住在一栋老旧的维多利亚式房子的顶层，位于兰布拉大街尽头港口旁的一条狭窄小街上。房子里挤满了男人和各种各样的女人，尖叫和大笑的声音震得整栋房子砰砰作响。姑娘们的脸就像彩色绒球一样，从半开的门口露出来。楼梯上弥漫着油、香粉和温暖肉体的芳香，这香气如此浓郁，以至于仿佛寒冬和战争都已不见了踪影。

杰米是一个年轻强壮的加泰罗尼亚人，留着普鲁士小胡子，他把我迎进他的小阁楼。绕墙一周的架子上堆满了他的书、唱片和漂亮的塔纳格拉陶俑。角落里放着一个带喇叭的发条留声机，正在播放贝多芬的奏鸣曲。我进去的时候他关上了音乐，楼下欢乐的喧闹声便从楼梯的缝隙中涌了进来。

我在塔拉索纳见过杰米。除了加泰罗尼亚语，他还会说西班牙语、巴斯克语、法语、德语和带都柏林口音的英语。他是塞维利亚大学的一名神学教授，也是曾在阿拉贡前线受伤的老兵。

他将他那条崭新的木腿展示给我看，它由当地一位吉他工匠赶制而成，被加工得很是完美。

“红木，雪松和乌木，”他说着，在地板上跺脚，“他们一放音乐，这条腿就开始跳舞。”

他给我倒了一些白兰地，然后告诉我什么事是必须要做的。我就像在玩什么超现实主义的国际象棋，兵卒毫无预兆地变成了国王和王后，而这些棋子的价值在游戏进行到一半的时候也发生了变化。警察、军队、民兵、财团，他们都有权力，但他们彼此之间的秩序每天都在发生变化。

“不过无论如何，你不会有麻烦的，我向你保证。到秘书处去，他们会给你出境签证的，什么也别说——一切都会好的。”

他一定看到了我脸上怀疑的表情。

“这样的事情总在发生。别担心。他们知道我们要做什么。但如果你落入笨蛋手里——销毁你的证件。”

杰米微微咧嘴一笑，给人传递出一种感觉，仿佛他是一只巨大的蜘蛛，腿多得覆盖了整个蛛网，控制着这座城市蔓生的丛林和来往的所有秘密。

好吧，我相信了他的话，于是在兰布拉大街上闲逛，然后径直来到警察局总部。在一间富丽堂皇的里间办公室里，他们检查了我的护照和散发着香奈儿香水味的英镑钞票，立刻就把我当作逃兵和间谍逮捕了。

我问他们至少能不能把带着香味的钞票还给我，但它已经被塞进了一个抽屉。长官狠狠地瞪了我一眼，说：“这是用来奖励‘努力的人’的，而你毕竟没做出什么努力吧，对不对？”

于是，我又一次被两名头戴钢盔、枪上带着刺刀的士兵押着沿街行进。对午后的人群来说，我不值得被特别注意，孩子们和姑娘们只是瞥了我一眼。而对这个城市而言，一个被押送的年轻人，尤其是一个金发碧眼的年轻外国人，显然也已不再是奇观了。不过，还是有一个留着胡子的老人从门口蹒跚地走来，穿过马路，捏了捏我的大腿。

“别朝他开枪，”他说，“把他交给我，我要带他回家见我老婆。”

卫兵带我走到码头附近的一幢黑色大楼，把我从侧门推了进去，对里面的人说：“我们又给你带来了一个。”接待我的人对此漠不关心，既没有在册子上找名字，也没有问我问题，只是让我在这儿等着。宽敞的大厅就像狄更斯笔下的债务人监狱，幽暗的空间里灯光黯淡，挤满了男人、女人和围坐在地上的小孩。有的人在做饭，有的人在玩游戏，有的人在睡觉或是笨拙地摸索着。人们高谈阔论，牙齿闪着光。我看到男人们穿着破旧制服、腿上缠着绷带，被似乎是他们的母亲、妻子和表亲的人围住。他们抚摸男人的脚，喂他们喝汤。这个房间宛如地狱的边缘。

大约过了一个小时，我被带到另一头的一排铁栅栏前，后面就是监狱的牢房了。他们什么都没说，也什么仪式都没举行就让我进入了其中一间。每间牢房里都有几张床铺和一个地板上的破洞，一股水流从下面汩汩淌过。在我这间牢房里，我把任何能证明身份的证件都冲走了——便笺、军官证、铅笔写的说明、安全通行证，甚至还有女孩那荒唐而滔滔不绝的信。然后，隐姓埋名、不为人知且渴望被遗忘的我就这么在牢房中安顿下来，旁边还有个一言不发的同伴。我希望这种状态能一直持续下去。我不想听到钥匙突然插进锁眼或是有人在深夜喊我名字的声音。我希望如今的我在系统中只是一片空白。

我在那间牢房里待了大约三个星期。没有警卫或长官来打扰。空气中弥漫着一种潮湿和陈腐的浓郁气息，就像墙上挂了好几条馊了的毯子。几天后，我开始明白在监狱里腐烂意味着什么。阳光慢慢地穿过远处的天窗。没有人提供食物或饮料。一个金属杯被链子拴在角落的喷口旁，我们从那里面小口嘬水喝，然后在每天大约中午的时候，一个修女会拿来一小块扁扁的三明治，沉默地从栅栏中递给我们。

一天二十四小时里我们能吃到的只有这些，所以我们是多么渴望中午的到来啊。而那块三明治，甚至比修女那只文静的手更白、更小，里面抹着薄薄一层肉末，外侧还留着她身上难以言喻的香气。对无法满足食欲和饥饿感的我们而言，这是一场怎样的盛宴，如今又是多么撩人的记忆啊。

与此同时，除了这些温柔的拜访，我们只是独自待着。没有人来，也没有什么事发生。没有人大喊着要对我们进行检查，也没有人要求我们去锻炼或接受惩罚。我们似乎被遗弃了。在一个规模如此庞大的军事监狱中，这是一件让人很难相信的事，但一开始我却为此感到高兴。

但第二个星期之后，我躺在昏暗的牢房里，却开始渐渐为这沉寂感到担忧。我的同伴已经消失了。我在想，等待我的命运又是怎样的呢？他们会在什么时候来宣布呢？第三个星期之后，我开始谋划偷偷向杰米或其他任何人发送求助信息。三个星期里没有恐吓也没有审判，甚至连偶尔的迫害也没有，这似乎过于大意了。

后来我生病了，一会儿在水泥地上瑟瑟发抖，一会儿用指甲刮擦墙上的霉点。一阵愈发强烈的恐慌感喷薄而出，无路可逃，又流回到我的脑海里。什么都没有，只有夜晚、漆黑的天窗以及中午那个用蕾丝装饰的小篮子装着半块三明治、轻声低语的修女，在这空荡、寂静、无边无际的监狱中循环往复。

解脱在突然间出乎意料地到来了，随意得毫无戏剧性。一个衣衫褴褛的老看守打开了我的门，我发现他没有拿枪。“快走，”他对我说，“出去！”他对我露出一个傻傻的外公般的微笑，好像脸上有一条淡淡的红色裂缝。“真是个惊喜啊，”他说，“对不对？”他猛捶了一下我的肋骨，然后笨拙地打开外面的护栏。我们穿过复杂的网状通道，穿过半明半暗的光影和人们的窃窃私语，穿过久未清洗的男人们被彼此的体温烘得十足浓郁的体味，最后来到了一层。

我又回到了监狱那宽敞开阔的大厅，这里仍然挤满了妇女和赤脚的孩子们，我小心翼翼地经过这些警惕等待着、衣衫褴褛的人们，紧跟在那位值得信任的老人身后。

“那是你的朋友。”终于，他说道，朝门口点头示意。这确实是一个惊喜。

靠在入口附近一根柱子上的是一个矮胖的男人，他穿着漂亮的大衣，戴着一顶软毡帽，对我露出略带尴尬的、羞涩而温暖的微笑。他是《工人日报》的编辑比尔·拉斯特。

“你本应该在伦敦的，”他说，“怎么跑到这儿来了？”

我告诉他我就是遵照指示才来的。

“啊，是杰米……好吧。”他不自在地动了动，“好吧，快来，外面有辆车等着。”

于是他把我所有的行李都堆在车后面。我自由了，突然间从发霉的牢房跃进巴塞罗那夜晚清爽的空气中。原来那天晚上，拉斯特正好在和警察局局长喝酒，局长提到监狱里关着一个来路不明的英国人。拉斯特猜到那可能是我。警察局长说，只要你为他担保就能接他出来。

我听完很高兴，但又对我曾一度陷入的困境感到有些难过。

“所以你一听说就过来了吗？”我说。

“你很幸运。我并不是每晚都和警察喝酒的。”

“但我已经被困在这里三个多星期了。”

“你原本可能会一辈子都困在这里。”

拉斯特开车带我去了他位于一条林荫大道高处的公寓，他说在事情搞清楚前，我都应该待在那里。他给烧水锅点火用来准备洗澡水，给我倒了一杯威士忌，还给我煮了一盘咸牛肉碎。他是一个安静、温和的人，面对那些官僚恶霸时很强硬，但对我这样的流浪汉却像个和蔼的伯父。我在他的公寓里住了两三天，并不急于回到街上，以免再次被带走。为了让我有事可做，他让我帮他整理放在鞋盒里的档案卡，需要将它们按字母顺序排列好。卡片记录的是来自英国和爱尔兰的志愿者的信息，他们的姓名、地址、直系亲属（如果健在的话）、参军日期、所在军旅、简短的履历还有评语。大概有五百到六百张卡片。其中有许多——超过半数——被标记为“阵亡”或“失踪”于布鲁内特、加拉玛和瓜达拉哈拉等地的前线战场上。他们有的是贵族学校的中学生，有的是大学生、煤矿工人或磨坊工人，在这场迄今为止毫无神圣可言的第二次世界大战中，他们都是武装不全的先遣侦察兵。而如今，这些阵亡英雄的名字都被堆放在小纸箱里，并永远不会被铭刻在官方的纪念馆中。在一片嘲笑而非认可的声音中，他们预见了即将发生的事情，就抢先行动，过早地投入了战争。

一天中的大多数时候，拉斯特都在进进出出忙碌着，晚上我们则会边喝威士忌边聊天。他从来没有提起过他的报纸、这场战争，或是他在其中的作用，只是温和地讲着童年时经历暴行的故事。除了我的健康状况，他什么都没问我，似乎这就是他最关心的问题。的确，他对我的照顾几乎像保姆一样细致，甚至把卡片索引拿给我玩。

第三天的时候，为了不冒任何风险，拉斯特开车带我前往法国领事馆和市警察局总部，给我办理了出境签证。那位偷了我香奈儿香水味钞票的警官，爽快地在我的护照上盖了章——salé sin dinero（无现金离境）。“再见了，兄弟。”他说，“我想这次你没被骗。”

杰米来到车站，给了我最后的指示以及巴黎和伦敦的加密地址。他还跟我道歉并为自己辩解，但这些现在都已不重要了，我也无心去听。在我心里，我已经离开了这个在劫难逃的城市和国家，这里的妇女们在商店、医院和监狱外无望地排成队，在雨中等待着奇迹的出现。

开往边境的夜间列车已经靠站——它拥挤不堪，满载着窃窃私语，没有灯光也没有炉火，到处都是未经清理的伤口的气味。我在一个狭小的木板隔间里发现了一处空位，那里散落着仍未熄灭的烟蒂。起初，我们摇摇晃晃地驶过漆黑的城郊，探照灯在海上移动，闪烁着光亮。周遭一片寂静，只有压抑的咳嗽声，沉重的呼吸声，以及一个女人微弱而害怕的呻吟声。快到开阔的乡村地带的时候，火车提了速，开始平稳而慵懒地前进，我的同伴们突然鼓起勇气，畅快地说起话来。其中两个人显然来自海边的同一个村庄，他们在火车上重逢，一起踏上回家的旅程。

“你还记得唐·安塞尔莫——那个鱼贩头子吗？”

“我当然记得他。”

“他就是个小偷和强盗。”

“他每天付给我们一个比塞塔——在他们枪毙他之前。”

“是谁枪毙了他？”

“啊，委员会的人枪毙了他，不是吗？”

“没错，委员会，他们枪毙了他。他们还枪毙了很多人。”

“每天一个比塞塔——他真让上帝蒙羞。”

受到正义的震撼，周围响起一片沙哑的赞同声，然后伴着持续的咳嗽和拖拖拉拉的脚步声，大家都去睡觉了。香烟也熄灭了，除了那个女人遥远的呻吟声，一片寂静。

我们在黎明浑浊的光线中到达波尔特沃[①]。站台上站着一群脸色灰白的人。他们戴着手铐，穿着破烂的制服，由几个拿着毛瑟枪的老兵看守着。有人说他们是逃兵，企图翻山爬出去。我想起我来这里的时候，正好跟现在方向相反，也经历过同样的事情。

但如今我在回家的路上，有官方证件帮助我证明“无现金离境”，也没有其他什么了。当时在去西班牙的路上，我曾穿过两块巨石，似乎那么轻易就进入了战场。现在我正去往相反的方向，一切甚至更加容易了。我们的火车深吸了一口气，就这样把地狱甩在身后，钻过了波尔特沃和塞尔贝尔之间的短隧道。窗帘被拉起，我们看到了早晨清新的天空，闪烁着霓虹灯的咖啡馆，闻到了法国那滚烫而油腻的黄油香气……

第二天黎明时分，我到达伦敦维多利亚车站，看到了每次呼吸都伴着一团雾气、等待在那里的她。她看了看我的手，又看了看我的脸，发出一阵短促的、她特有的豺狼般的笑声。我嗅了嗅她头发上雾蒙蒙的绒毛。

---

①波尔特沃（Portbou），西班牙紧靠法国边境的小城，毗邻地中海。

我们开着车驶向北边的时候，她一边看路，一边不时回头看我。“嗯，我希望你对自己感到满意。”她说，“你一点都没考虑过我，对不对？我就像从地狱走过一遭，你知道吗？有天晚上我甚至去了电话亭，一个公用电话亭，你能想象吗？然后我径直去了阿尔瓦塞特的红色救济会。想想看——横跨法国再穿越边境——还有整个西班牙和那场战争……我花了整整三个小时，一直在哭。我只是想和你说说话，和你说说话，你明白吗？有个男人一直坐在车里看着我，不停地给我钱让我打电话。难怪你看起来那么得意。”

然后我回到了她的公寓，位于汉普斯特德高处的富人区。她那双蓝眼睛目光坚定地注视着我，把我拉进门。我记得钢琴上的鲜花，她的床上铺着白色的床单，她深深的吻，还有毫无尊严的爱。

著作版权合同登记号：01-2018-5597

图书在版编目（CIP）数据

战争的一瞬间 /（英）洛瑞·李著；蔺紫鸥译．— 北京：新星出版社，2019.4
ISBN 978-7-5133-3521-8
Ⅰ．①战… Ⅱ．①洛… ②蔺… Ⅲ．①回忆录－英国－现代 Ⅳ．①I561.55
中国版本图书馆CIP数据核字（2019）第030675号

战争的一瞬间

[英]洛瑞·李 著；蔺紫鸥 译

策划编辑：巴　扬
责任编辑：孙立英
特约编辑：巴　扬
责任校对：刘　义
责任印制：李珊珊
装帧设计：冷暖儿

出版发行：新星出版社
出 版 人：马汝军
社　　址：北京市西城区车公庄大街丙3号楼　100044
网　　址：www.newstarpress.com
电　　话：010-88310888
传　　真：010-65270449
法律顾问：北京市岳成律师事务所

读者服务：010-88310811　service@newstarpress.com
邮购地址：北京市西城区车公庄大街丙3号楼　100044

印　　刷：北京美图印务有限公司
开　　本：787mm × 1092mm　1/32
印　　张：6
字　　数：94千字
版　　次：2019年4月第一版　2019年4月第一次印刷
书　　号：ISBN 978-7-5133-3521-8
定　　价：54.00元